归来的蝉

蝉かえる

Semi Kaeru

さくらだ·ともや
[日] 樱田智也——著
赵婧怡——译

NEWSTAR PRESS
新星出版社

新经典文化股份有限公司
www.readinglife.com
出　品

目录

归来的蝉

丝瓜京助觉得有些扫兴。当他再次探访记忆中茂密的森林，却发现那不过是一片小小的杂树丛。

这里名为西溜村，位于山形盆地边缘，自山形市中心向西北行进约二十公里即可到达。此处原有一处修验道[①]的灵场[②]。而那片如峡湾般漫延侵入姬子山山脚的森林，则被当地人称为“御隐之森”。

森林入口处有一道石制的鸟居[③]，同此延伸出去的参道[④]不是直线，而是呈弯曲状。在草木茂盛的季节，道路甚至会被草丛完全掩盖。

---

① 一种融合了汉传佛教和日本神道教的独特宗教，信徒通过在山中进行严酷修行来达到参悟目的。——如无特殊说明，本书注释均为译者注

② 神社、寺院等所在的神圣之地。

③ 日本神社附属建筑，常设于通往神社的路上，形似牌坊，代表神域的入口。

④ 日本神社中用于行人参拜观光的道路。

从鸟居步行近二十分钟，就能抵达森林深处。那里有一片约十米见方的空地，背靠陡峭的山壁，中央建有一座小小的神社。那是供奉姬子山山神的“御隐神社”。通往神社的最后一段参道如同有意和行人作对一般被设计成了U形，须得从左边绕上一圈才能进入神社。

丝瓜走进神社院内，脚踩卵石发出的轻微声响让他有些心痒。他站在神社前，闭上眼睛双手合十，一瞬间心情放松下来，像是卸下了某种负担。此时是下午四点钟。

神社的右侧立着一块圆盘状的巨石，高度到成人腰部，直径约两米。巨石内部被凿出了一个大洞，一根塑料管插在山壁上，将山中的水源源不断地引入石中。

石头的边缘大概被人切割过，水不断溢出，流到神社院内。可能因为垫过土，院内及周围的地势高得有些不自然。溢出的水顺着斜坡向外流，形成一条小溪，滋润着树丛。

丝瓜挽起衬衫袖子，双手掬起一捧塑料管中流出的水，含入口中。水从手掌溢出，顺着脖子淌进领带松了的领口，给胸口带来一阵凉意。这一瞬间的清凉感很快又被连绵不断的蝉鸣声包裹住了。

从“知了——知了——”的叫声中，即使丝瓜也能听出那不是斑透翅蝉或日本暮蝉。是油蝉吗？不，油蝉的叫声应该更显闷热，能让人联想起“烈日暴晒”的画面……

就在此时——

“老师。”

丝瓜背后传来了蝉鸣以外的声音。他回过头，见一男一女正结伴从参道上走来。那个被称为“老师”的女人说道：

“有油蝉啊。”

紧接着，两人从树木的缝隙中发现了丝瓜，冲他轻轻点了点头。作为回应，丝瓜问道：

“听这叫声，果然是油蝉吗？”

“是蟪蛄[①]啦。”对面的男人慢吞吞地回答。

“咦，可你们刚才不是在说油什么吗？”丝瓜再次确认道。这次是女人回答：

“因为这个人刚才说‘油炸的好吃’，所以我才说‘要有油啊’。”[②]

“油炸……的？”

“我本想用喷枪直接烤，所以没带油。”

“请问……你们是要吃什么呢？”

“是蟪蛄啦。”男人重复了一遍刚才的话。

---

① 一种蝉科动物，雄体腹部有鸣器，声音响亮。

② 日文中，“油蝉”与“油”发音相同，导致丝瓜听错。

“蝉也能吃吗？”

“很好吃的哦。”女人微笑着说道，同时摘下帽子，将齐肩的头发拢起。在丝瓜看来，她的年龄不大，大概在二十五到三十岁之间，旁边的男人则年长些，但应该也比自己年轻，大约三十五岁。

两人走入神社，和丝瓜一样对着神社双手合十。若是细究两人的动作，应该是男人在照着女人有样学样。女人先睁开眼睛，转头看向站在石头边的丝瓜，继续聊起刚才的话题。

“你没吃过蝉吗？”

“我都没敢想过。”

听他这么一说，女人走出神社，从树干上取下了什么东西，然后又走了回来。

“这是什么？”

“是蟪蛄啦。”

回应他的又是那个声音慢吞吞的男人。原来如此，女人手中那个与树皮颜色相近的小块状物，的确形似蝉类幼虫。

“可惜这只是个蜕掉的空壳。”

女人将那东西放在手心把玩着。

“难道是要吃这个吗？”

“也可以吃，不过第一次就吃空壳，实在没什么意思。”

“咦，您是第一次吃？”丝瓜惊讶地问道。

“不是我，是让你吃啊。”女人说着，将空壳递了过来，丝瓜更惊恐了。

“我不会吃它的！”

“不吃吗？那就算了，这蝉壳上沾满了泥土，的确还是不吃为妙。”

“那您一开始就别让我吃嘛！”

“哈哈，不好意思，请别生气。这里的蝉确实可以食用。我推测，过去山上那些修行者败给敌对宗派后，被迫逃入这片森林，到了夏天，他们就把蝉作为珍贵的蛋白质来源……”

女人正要详细说明一番，被旁边的男人用手肘碰了一下。她嗯了一声，回过头，男人小声地忠告道：“老师，‘败给’和‘逃入’这类表述，可能会引起当地人的反感。”

“是吗？只有上了年纪的人才会介意吧？”

“这是年龄的问题吗？”

“代沟啊。你和我思考问题的方式没准也存在着差异。”

“老师，您多大了？”

“哎呀，怎么能直接问女性的年龄。那你多大了？”

“……保密。”

“哈哈，你这家伙，难不成也是个小姑娘吗？”

女人笑着，玩闹般捶打了男人几下。

“请问……”

“啊，不好意思，有点兴奋过头了。”

“没关系，而且我不是本地人，请不用在意。”

“那就好。你是来这里旅游，还是有其他事情呢？”

“我到山形市出差，顺路过来这里看看。”

“来这么一个小村子？”

“对。倒是你们二位，是来旅游的吗？”

“我有一半是为了工作。他嘛……”

“是来玩的。”

男人爽快地回答完，接着向丝瓜介绍道：“这位是在长野县的上高地大学研究混蛋……不对，研究昆虫食用的鹤宫逸美老师。”

“还是不要叫我老师了，我只是个小小的临时讲师而已。”女人说。

“可老师就是老师嘛。”

“哎呀，总之，‘鹤’是鹤鸟的鹤，‘宫’是进宫的宫。我也好想像古人进宫一样找份稳定的工作啊。”女人自我打趣道。

“我叫魞泽泉。”男人接着报上姓名，“‘魞’是鱼字旁加个‘人’字，‘泽’是润泽的泽，‘泉’是……”

“啊，是写作‘蝉’字吗？”[1]

“不，是泉水的泉。”

鹤宫和鮲泽。既然他们都是大学的研究人员，会做出那些古怪的举动就不足为奇了。

“不好意思，介绍晚了。我是丝瓜京助。”

“丝瓜？”鹤宫突然激动地叫了一声。

“是的，就是植物的那个‘丝瓜’。”

“请问您贵庚？”鹤宫从刚才开始就很在意年龄。

“马上四十了。”

“嗯……”

鹤宫瞪大眼睛，死死盯着丝瓜。可他又不是因为脸长得像丝瓜才叫这个名字的……

“说起来，二位研究的昆虫食用指的是什么呢？”

“其实就是吃昆虫的意思。”

听了鮲泽的回答，丝瓜终于明白是怎么一回事了。“原来如此，所以才说要吃蝉啊。”

“鹤宫老师是从民俗学的角度对此进行研究的。”

听到这里，鹤宫露出了既为难又害羞的神情。“我并

---

① 在日文中，“泉”与“蝉”有相同的读音。

不算研究昆虫食用的专家……不过世界各地都有吃昆虫的文化，最近，由于全球粮食危机严峻，昆虫食用在营养层面起到的效用备受关注。不过，我的兴趣主要还是集中在这类习俗的文化背景上……”

“原来如此。您来这里是为了做实地调研吧？魞泽先生也在研究这个课题吗？”

“不，完全不是。”魞泽随意摆了摆双手，动作就像落到地上、翻了个身的虫子，“我只是个野生昆虫爱好者，和鹤宫老师今天也是第一次见面。”

“什么？”丝瓜没想到他们也才刚认识。

“我混进山形市举办的研讨会，听了鹤宫老师的研究报告后觉得特别有意思……”

会议结束后，魞泽就在走廊等着鹤宫，同她搭上了话。

“我本来觉得这个人很无礼，竟然在研讨会这种场合胡乱搭讪，但一路聊下来，发现他还挺热心的。”

“然后，老师反过来邀请我一起来吃蝉。”魞泽说道。

“哈哈，那是因为你太难缠了！我原本打算一个人安安静静来吃的。”

“我天生就是这样。不过说起来，丝瓜先生不吃蝉的话，又是为什么来这片森林的呢？”魞泽好奇地问道。可是照理说，为了吃蝉而来的人才更奇怪吧。

“我在这里做过志愿者，有点怀念过去……”

听到这里，原本还在笑着的鹤宫表情一变。

“在山形做志愿者……是指那场地震的时候？”

“是的，那是十六年前的事了。我只记得当时村子受灾后的惨状，如今再次来到这里，完全没有熟悉的感觉……”

但当丝瓜看到曾是池塘的地方建起了一座小小的慰灵碑时，他的胸口还是如揪紧般疼了起来。那是一种类似乡愁的痛楚。

“那这片森林呢？”

“一开始我没有什么特别的感触，奇怪的是，当我走进神社院内，记忆便苏醒了。我突然觉得，这里发生过的灵异事件应该是真的。”

“灵异事件？”

“嗯。我好像在这片森林里遇到过幽灵。”

听了丝瓜的话，鹤宫再次瞪大了眼睛。

“幽灵……”

“吓到你了吧？”

“不，我非常感兴趣。”

她学者的本能被激发出来，想要进一步探究下去。

“丝瓜先生，能不能请您详细说说当时的情况？”

“那可是非常奇怪的事。”

“收集奇怪的故事正是我的爱好。”鹤宫笑着说。魞泽轻轻捅了下她的胳膊。

“老师，您这不是爱好而是工作吧？”

“就是因为爱好不被看成工作，拿不到钱，我才得去开临时讲座糊口啊。”这位女性研究者一边说着业内可悲的事实，一边朝院内角落树荫下的长椅走去，还催促般地挥了挥右手。

“十六年前的夏天，我来到这个村子做志愿者。”

那年五月，山形县中部发生五点八级地震，震源深度十公里。西溜村记录的震度[①]为五强。一些民居的墙壁和道路受损，部分围墙倒塌，八人受轻伤，所幸无人死亡。

然而，七月十五日又发生了六点三级地震，震源在同一地点、同一深度。五月的那次不过是前震而已。

天还没亮，震度六强的地震就袭击了西溜村。也许是几天前的大雨软化了地表土层，村子西北部的山区发生了大面积的山体滑坡。

---

① 日本采用的地震烈度度量，分为零、一、二、三、四、五弱、五强、六弱、六强和七，共十个等级。

这次灾害中，十二栋民居完全倒塌，另有五十多栋房屋被沙土掩埋。四人死亡，包括一名八十多岁的男性、一对六十多岁的夫妇，以及一名小学女生，同时还有多人重伤。

村子与外界相连的两座桥被冲毁，一时间，村中多地与外界失联，变成孤岛般的存在。灾情最严重时，约有二百户人家、六百多人——将近村中人口的两成——分散在五个避难设施中。几乎全村都处于停电断水的状态。

因为灾情较重，大批志愿者赶往山形县各地区。起初西溜村以“没有做好人员接收准备”为由拒绝了志愿者，直到受灾五天后，也就是七月二十日，基础设施逐渐修复，贯穿村子南北的县道恢复通行，西溜村这才开始接受志愿者的到来。

七月二十二日，星期一，丝瓜来到西溜村。那是他参加工作的第二年，正处于现实与理想的鸿沟之中，整日闷闷不乐。周末他在电视上看到了西溜村受灾的影像，便冲动地报名成了志愿者。

过去一年，丝瓜从未休过带薪假。他给上司打电话申请休假五天时，本打算如果遭到拒绝便直接辞职，没想到对方爽快地同意了，这反倒让他之前的决意落了个空。实际上，他的上司当时正准备跳槽，对待工作早已开始敷衍起来。到西溜村的一周里，丝瓜的工作以清理沙土和瓦砾为主。

“当时你住在哪儿呢？”觥泽问道。

“当地政府安排了一块空地，我们就在那里露营。”

避难所不接收志愿者。他们进行志愿活动时，也不能随意进入指定区域以外的地方。

“不过，我去旅馆住了一天。”

物流恢复后，一家幸免于难的旅馆重新开始营业。

“果然还会相信被窝和早饭吧。”

“我原以为所谓的志愿者，是过来把钱放下就走的呢。”其实是想花点钱支持一下村子。

“不好意思，我刚才那么说太失礼了。”

“听说五月发生地震后，村里旅馆的客人就大幅减少了。”

“是因为担心余震吧。”

“应该有这方面的原因，但主要还是因为温泉消失了。”

不知是不是地震改变了地下结构，旅馆的温泉不再涌水了。

“损失相当严重啊。”

“幸运的是，我离开村子后，温泉又开始涌水了。”

丝瓜离开村子当晚，山形县发生了最大规模的余震。

正因如此，温泉再次喷涌而出。地球任性而为导致的结果，已经超出了人类的认知范围。

“地震共导致四人死亡。我进村时，一个十二岁少女的遗体还没找到。”

那个行踪不明的少女名叫大江美姬。

“她失踪是有原因的，其他遇难者都是从堆积在自家的沙土下被发现的，但她好像是连同房子一起被冲走了。”

大江家的房子建在山坡上。地震时，沙土裹挟着大量瓦砾，将房子冲进了山脚下的“神池”中。池水并不深，但水中的搜索难度比陆地上要大许多。

“另外，那个神池本身有些特殊，这也是迟迟未能找到她的原因之一……至少当时我是这么以为的。”

“怎么回事？”魞泽追问道。一旁的鹤宫则轻轻抱着胳膊，默默地听着。

“是人手问题。”

“志愿者人数不够吗？”

丝瓜摇了摇头。

“人数是够的，但我们不能直接进入神池搜寻。据说那个神池由姬子山山神的眼泪滴流而成，是村子的神圣之处。”

“就像这片御隐之森一样吧。”

“当时的搜救分工是这样的，当地消防队组织村民进入池内，志愿者负责清理搬运池塘周围和从水中打捞上来的瓦砾。虽说池水不算深，但因为不知道池里情况如何，仍有一定的危险性，因此需要特定的装备才能下水。更重要的是，全村都受了灾，能去搜救少女的人员有限。但当时我还年轻，总觉得是本地人不想让外人进入神池。”

丝瓜擦了擦额头上的汗水。想起过去的自己，他不禁冒了一身冷汗，当时刚从公司职员的日常中抽离出来，因此有些急躁吧。

“参加志愿活动前，我就看到过关于失踪少女的报道，于是一心想着帮忙寻找少女，但发现自己有劲使不上时，更有些愤愤不平。有一次，我冲其他志愿者一通发泄，说是为了找到少女不应该顾虑太多，得拼尽全力才行，要把搜索池塘当作分内之事，不然的话，来到这里是为了什么呢……哎呀，现在想起来可真是叫人脸红。”

丝瓜的演说让现场的气氛尴尬起来。当天晚上，他独自到远离营地的地方露宿，没过多久，就听到睡袋旁响起了脚步声。意识到有人来了，丝瓜打算装睡，直到对方轻轻敲打了一下他的后脑勺，他才不得已转过头来。

岩鞍仂蹲到睡袋旁，手里握着一罐啤酒——物流改善后，村中唯一的便利店恢复了营业。丝瓜被敲打的后脑勺上，还残留着轻微的凉爽感。

“哎呀，是岩鞍啊。”

“丝瓜，你刚才说得太过分了。”

“那名少女还在池子里啊。”

“大家都在竭尽全力做着力所能及的事情。我当然也想尽力搜救那名少女，但志愿者的使命不止这些。”

这位青年和丝瓜同龄，当时二十四岁，皮肤晒得黝黑。他经常参加志愿活动，足迹遍布各地，积累了丰富的经验。

“神池附近就是危险的山坡，如果再次发生山体滑坡，池子会被完全掩埋。岩鞍，你是这么说的吧？”

“我们的目的，是在体恤受灾者心情的前提下推进志愿工作。不管地点还是分工，都应该考虑到受灾者的心情。所谓志愿者，不该为了贯彻自己的正义而否定他人的价值观。”

“我理解你的意思。如果不这样做，就无法推进救援工作吧？”

“我可不敢轻易说出‘理解’这两个字。所以，我也不会强迫对方去理解我的想法。”

听到这委婉的指责，丝瓜的脸热了起来。可他的目的并不只是满足自我。

“岩鞍……你还记得今天白天我们干活时，有一个女人低着头给大家递水吗？”

“记得。”

“那个人最后来到我眼前，冲着停下工作的我说，‘对不起’‘给你们添麻烦了’‘我是那孩子的母亲，之前因为住院没能跟大家打招呼’。”

“……”

丝瓜从她那里获知了地震当晚的情况。这家人住在一栋二层房屋中，夫妻二人在一楼睡觉时，被一阵晃动惊醒，他们呼喊二楼的女儿，对方回答“我没事”。母亲犹豫要不要上楼看看，但当时已经停电，如果爬楼梯时发生余震会很危险，于是她决定让女儿再等一会儿。母亲说着“找到手电筒就上去”，女儿回答“不怎么害怕”。

因为不能去二楼，她便先去收拾厨房。然后，她听到了“咔咔”的声音，房子又摇晃了起来。

这次的晃动不是余震。突然间，窗玻璃碎了，大量的沙土涌进屋来。她甚至来不及叫喊就被冲到屋外，陷在了沙土里。至于她的女儿……由于一楼彻底崩塌，二楼直接被沙土掩盖，消失在了黎明前的黑暗之中。神志不清的她只能茫然地看着这一切的发生。

——那时的我，既为孩子生硬的回答而生气，又被打破的餐具扎到了脚，再加上地震发生之前，我们之间的关系就有些紧张，所以对女儿的态度很不好。我一边收拾厨房，一边向二楼喊话："说不定是因为你做了那种事，惹怒了氏神。"随后，沙土涌入的声音就淹没了女儿的回答。

"'那种事'？"岩鞍歪了歪头。

丝瓜讲起了那位母亲的故事。

村中设有守护神池的"池守"一职，由神社的氏子[1]家庭担任，每两年轮换一次，这一年正好轮到大江家。几个月前，美姬恶作剧进入过神池。

——那孩子回家后什么都没说，径直上了二楼，我都没注意到她的衣服湿了。晚上，邻居来找我，"其实小美姬……"，我才知道了这件事。我震惊得说不出话，丈夫跑上二楼质问孩子："你真的在神池里游泳了？"

母亲不受控制般地继续对丝瓜说着。

——结果那孩子毫不畏缩地说："游了，我还上了岛，摸了岛上的神社。"我丈夫听后脸色大变："你为什么净给父母惹麻烦！"两个人大吵起来。我只能站在一旁，祈祷丈夫不要使用暴力。

---

① 祭祀、信奉某一地区氏族祖先神或守神、保护神、地方神的居民。

这时，母亲似乎浅浅地笑了。

——那孩子似乎不认同村中的陈旧规矩，可我们得融入社会，在村子里生活就不能随便违反规矩，所以我们互不让步。偏偏就在这时候发生了大地震，女儿应该很害怕，我却对她说了那么冷漠的话……那是我对她说的最后一句话。

母亲低着头沉默了好一会儿，然后她抬起头说了声“抱歉”。

——我想把这些话说出来。虽然村里人都安慰我，可在女儿生命的最后一刻，我依然是个冷酷的母亲。我想把这些话说出来……

丝瓜意识到自己的声音开始发颤，便转身背朝岩鞍。

“我要睡了。你也早点睡吧，明天可又是酷热的一天。山形这地方真是够热的。”

“嗯，晚安。”

“等一下。”

“嗯？”

“既然来了，不如一起喝点啤酒吧。”

“不好意思，那是无酒精饮料。我觉得在救援地喝酒不合适。”

岩鞍的脚步声逐渐远去。丝瓜躺着拉开饮料罐的拉环，白色的泡沫飞溅出来，打湿了他的脸和睡袋——丝瓜完全没注意到岩鞍摇过罐子。

直到现在，丝瓜还能清晰地回忆起那夜和岩鞍的对话。志愿活动的第一天，丝瓜和岩鞍一起乘巴士来到了村子。但两人并没有因此而格外亲近，岩鞍看上去十分老练，这让丝瓜有些畏怯。

岩鞍虽然拥有丰富的救灾经验，却从不居高临下，总是对经验不足的同伴给予恰当的指导。能跟这样的人真诚交谈，丝瓜着实高兴。

第二天，丝瓜主动撤出池子周围的搜救小组，转而去其他区域默默清理瓦砾。休息时，他看到几个背着书包的女孩子围着岩鞍，虽然有些好奇，但马上便将注意力集中到了自己的工作上。

结束了一天的工作，丝瓜回营地途中经过池塘时，岩鞍叫住了他。

“那里好像有座小岛。”

岩鞍指着神池的方向说道。距离池畔约三十米的地方有一座小岛，勉强能站四五个成年人。因为清理掉了一些瓦砾才能大致分辨出来。但是小岛上并没有能称得上神社的建筑——也许是被冲走了吧。

“你向村民打听过少女的事情吗？”

丝瓜问岩鞍。

“我有些在意你跟我说的那些话，于是趁着休息时间向村里人打听了些消息。”

丝瓜和那位母亲交谈后也做了一样的事。不过因为受到了岩鞍的责备，他便没有深入调查。他明白，自己知道得越多就越难以保持冷静。相反，岩鞍似乎了解得很详细。

“当时，那名少女在神池游泳的事情很快就传遍了村子。虽然大部分人对此一笑置之，但年长者和氏子家族的人则不然。氏子的临时总会还批评了她的父母。那位母亲不是土生土长的本地人，年长的人便因此指责说：‘那母亲对孩子的教育有问题。’真是让人不舒服。”

沉默了好一会儿后，丝瓜轻声说道：“希望能赶紧找到啊。”岩鞍回答：“一定会找到的。”两人离开了池边。

七月二十七日，大江美姬才被发现。那是丝瓜在村里的最后一天，他打算第二天乘巴士离开。

早上五点半，丝瓜醒来后决定去一趟御隐神社。听说那里供奉着氏神，他一直想去看看。

这片深入姬子山山脚的森林，奇迹般地没有遭到山体滑坡破坏。这里远离受灾严重的村子，既静谧又能听到蝉鸣声，是个充满矛盾感的地方。

丝瓜就是在这里经历了奇妙的灵异事件。

“爬过参道的最后一段上坡路，透过树木的间隙，我看到有个少女从林间走入神社院内。”

丝瓜和少女的直线距离只有三十米左右。一开始，他以为自己看到的是神社的幡旗，直到少女抬起右手理了理被风吹乱的头发，丝瓜才意识到那是个女孩子。少女穿着裙裤，露出的大腿上有一大块烧伤般的痕迹，当丝瓜注意到疤痕时，对方消失在了他的视线之中。

“她消失了？”

鲉泽的眼睛亮了起来。

“那个少女在丝瓜先生眼前消失了吗？”

“说是消失，其实应该是走到了竹篱笆的另一面，所以看不见了吧。”

“是吗？”

鲉泽东张西望，打量着周围。

“现在已经没有了。那时神社边上确实种着竹篱笆，不过不是种在神社四周，而是像屏风一样种在了神社的正前方。”

这丛竹篱笆起到了屏障的作用，以防参道外的人看向院内。

“啊，我终于明白神社前的参道为什么设计成这种弯曲的形状了，原来是为了避开竹篱笆。”

“那个女孩让我很好奇，所以我一边盯着竹篱笆，一边沿着曲折的参道走进院子，然而……”

出现在丝瓜面前的不是少女，而是他意料之外的人。

“院子里的人是岩鞍。”

岩鞍穿着深蓝色T恤和灰色短裤，脖子上搭了条黄色毛巾，正站在殿前伸懒腰。

“岩鞍！”

“哎呀，原来是丝瓜，吓了我一跳。”

“我才被你吓到了呢。你来这里……”

他正要问对方在做什么，突然发现岩鞍的脚边铺着一条睡袋。

“你该不会是在这里睡觉吧？”

“嗯。我在陌生的地方常去寺庙或神社借宿。今天是我在这里的最后一天，离开前，我想离氏神近一些，获得神的庇护。”

“在这森林深处待了一整晚？你这家伙好奇心真重……咦？你刚才说，今天是在这儿的最后一天，你也是明天离开吗？”

"你也是？"

"嗯，明早的第一班巴士。最后一天想来这里看看。"

"我也一样。"

"那可真是巧啊。对了，你刚才有没有看到一个女孩？"

"女孩？没人来过啊。现在是孩子们做暑假广播体操的时间。"

"你可别骗我。"

"我为什么要骗你啊。我在这里听着音乐运动，也许是有人趁我不注意溜过去了。"

除了黄色毛巾，他的脖子上确实还挂着耳机线。

"不可能，我一直盯着这边。"

如果有人走出院子，丝瓜一定会看到。他的视线转向了神殿。岩鞍见状说道：

"那是御隐神社，里面供奉着山神。"

透过神殿的格形门看去，里面一个人影都没有。

"那块石头呢？"

神殿旁立着一块巨石，上面盖着一块木板。

"应该算是水槽吧，里面是空的，用来存放山上涌出的泉水。"

"嗯……"

丝瓜回头看着岩鞍。

“真奇怪，我明明看到她走进来了。”

岩鞍将握紧的拳头举到嘴边，露出思考的神情。

“是个什么样的女孩子？”

“嗯……看起来像小学生。”

“几年级？”

“应该是高年级吧。”

“头发是什么样的？”

“不算很长。”

“大概到肩膀？”

“差不多。”

岩鞍犹豫了一下，又问了一个问题：

“她的手腕上是不是有一条红色的手链？”

“手链？这么一说……”

丝瓜想起来了，少女整理头发的右手上的确系着一条红色手链。他告诉岩鞍后，对方的表情僵住了。

“那孩子的腿上是不是有烧伤的疤痕？”

“你这不是见过她吗？她到底去哪了呢……”

岩鞍沉默不语，目光从丝瓜转向那块石头。

“喂，怎么了？”

“如果她藏起来了，我们就没办法了吧。”

岩鞍表情僵硬，低声说道：

“我老实说吧，那个孩子应该就在那里。”

“什么？”

岩鞍指了指石头。

“在哪里？”

“就在那里面。”

“怎么回事？”

“你自己去确认下吧。”

“可那不是水槽吗？”

“嗯。根据村子里的传说，这山里涌出的泉水和神池中的水一样，都是山神的眼泪。”

泉水和神池中的水源头相同——岩鞍的眼神令人捉摸不透。

“你到底是什么意思啊？”

“行了，你赶紧去看看吧。”

丝瓜迟疑地靠近巨石，用力抓住木板缓缓掀开，石头上的大洞露了出来，晨光照进了洞里。

“里面是空的啊。”

石头里没有水，也没有女孩子。

开什么玩笑！正当丝瓜准备回头时，却被人从背后推进了石洞里，随即陷入了黑暗——洞口被木板盖上了。

“喂！别开玩笑了啊！”

岩鞍似乎在外面按着木板。冰冷的石头里，丝瓜的身体却开始发热，他蜷缩着身体无法站稳，这让他根本抬不动木板。

“瓦砾下面应该更黑暗吧……”

大概过了几十秒，他终于听到了岩鞍的声音。

“你说什么？”

突然间，丝瓜感觉头上的木板变轻了，视野开阔起来。他站起来揉着身体——顶木板时用力过猛扭到了脖子，被推进洞里时撞到的手肘也在隐隐作痛。岩鞍也和丝瓜一样喘着粗气。

“你想干什么？”

“我听村里人说过失踪的大江美姬的模样：头发齐肩，戴着红色手链，右腿有明显的烧伤疤痕。”

听了岩鞍的回答，丝瓜一时语塞。

“你在参道上看到的一定就是大江美姬。”

“这怎么可能……”

“我不知道神之泪的传说是不是真的，但森林和神池是通过地下水脉相连的。我和你在这里碰见绝非偶然，我们都是被那孩子召唤来的。”

“等一下……”

“别摆出这种表情嘛，我没有说胡话。”

岩鞍笑了起来。看着他的脸，丝瓜不知不觉松开了握紧的拳头。

“说到水，石头是空的。”丝瓜放松下来，试着转移话题。

“五月发生的地震导致泉水停止涌出，没有水持续流入，人们就将石头里蓄积的水排干以防变臭，盖上木板则是为了阻挡落叶一类的东西聚积在内。可是，如果大江美姬出现在这里，说明活水没有断绝，地下的水脉还连通着。”

听着岩鞍充满想象力的话语，丝瓜有些疑惑，但还是被吸引了。

“昨天晚上，我也进到了石头里。”岩鞍冷不防地冒出一句。

“为什么？”

“森林里的泉水与神池里的水同源，也许在这里，能通过水脉听到她的声音，在黑暗中更容易接近她。这听起来很蠢，却是我的真实想法。”

“你是为了让我也试试，才恶作剧推我进去的吗？”

“我想让你知道我有多愚蠢。这么说有些大言不惭，但周围的人都觉得我是个冷静而聪明的人。然而事实并非如此。我非常在意周围人的看法，只会照本宣科。为了改变徒有其表的自己，我成了志愿者，结果到头来，我还是一副优等生的架势啊。”

“这样也挺好的。”

“如果一直这样，我只会后悔自己做过的事。”

岩鞍坦率地看向丝瓜。

“丝瓜，老实说，你的那番演讲打动了我。”

“怎么突然提起这个？”

“我和你一样，也想尽快找到那个女孩。对于活着的人来说，哪怕只能找到她的遗体，也是极大的慰藉。”

岩鞍将睡袋卷成一小团塞进背包。他背上包，再次正视丝瓜。

“丝瓜，我曾经否定过你，事到如今说这些话实在是难为情，请原谅我吧。不过……能不能和我一起去拜托村里人，请他们允许我们进入神池搜救呢？”

丝瓜点了点头。

听到两人的搜救申请，当地的消防队很为难。池水深浅不一，一不小心就可能陷进池底的淤泥，有溺水的危险。再加上大量瓦砾落入池中，贸然下水很容易受伤。

然而，岩鞍却一再鞠躬请求——这显然违背了他的志愿者理念。看到他这副样子，那位少女的母亲再也无法抑制自己，大声恳求消防队员尽快找到女儿，哪怕是早一分、早一秒也好。如果有更多的人加入搜救工作，找到的可能性就会提高……

消防队让步了，但考虑到搜救工作的危险性，只允许男性下水，这一点获得了氏子们的同意。那天是星期六，一大早就聚集了许多志愿者。岩鞍和丝瓜加入搜救队伍后不久，在一旁观望的其他志愿者也开始进入池塘。年轻有力的志愿者们，很快就清理出大量漂浮在水面上的木头、瓦砾，以及池底的泥沙。

下午两点，气温升至全天最高，达到三十七度。就在这时，岩鞍打捞起一具小小的尸体。

尸体已经被冲到了神社所在小岛的另一侧。少女的母亲跪在池边，双手捂着脸。她的呜咽声消散在堆成山的瓦砾之中，没有传到丝瓜耳中。此时，地震已经过去十二天了。

丝瓜说着十六年前的故事，树上的蝉仍事不关己般地不停鸣叫着。他抬头望向天空，乌云低垂着，遮住了阳光。看来，西边来的雨就要到达姬子山了。

“找到少女的第二天，也就是我离开村子的那天，夜里发生了最大规模的余震。神池西侧残留的山坡崩塌，几乎完全掩埋了池塘。”

丝瓜在电视上看到了这个消息。岩鞍担心的事情成了现实。

“岩鞍曾说，是少女将我们召唤到了神社，看过新闻后，我更相信这一点了。”

“真是个宝贵的故事，谢谢你。”

鹤宫礼貌地鞠了一躬，似乎在掩饰眼睛里噙着的泪水。

“我一直觉得这件事过于离奇，从未对任何人提起过。”

“说起岩鞍先生，他现在怎么样了？”

“他在半年前去世了。”

“啊？”

“他在海外参加志愿者活动时出了意外。”

“二位一直保持着联系吗？”

“不，我只是偶然从新闻里得知了此事。十六年前离开村子后，我就再也没有见过他。但我知道，如果哪里发生灾害需要志愿者，岩鞍一定会去的。我也一直在心里为他加油鼓劲。”

丝瓜再次拜访这个村子最重要的原因，是他得知了岩鞍去世的消息。

“听了我的故事，鹤宫老师有何感想呢？”

听他这么问，鹤宫恢复了学者的冷静神态。

“实在是让人非常感兴趣。”

“能否从学者的角度解释这件事呢？”

“解释嘛……”

“我们在这里相遇一定是有某种因缘。我很少对他人提及此事，能否看在这分上，让我听听您的感想呢？”

面对丝瓜的请求，鹤宫显得有些为难。

“这有些超出我的研究范围……”她拢了拢头发说道，“……这座御隐神社位于山脚下，虽然不能确定是山岳信仰一派的圣地，但从著名的出羽三山灵场就在附近这一点来看，我想它一定受到了山岳信仰的很大影响。”

这个村子的氏神正是山神。

“所谓山岳信仰，一种说法是指怀抱着对大山本身的敬畏之心；另一种说法则是，对于住在山脚下的人来说，险峻的大山是与世俗隔绝的异界，即逝者的世界，是先人安息的地方，因此人们对山心怀敬意。”

“原来如此。”

“非要说的话，我更喜欢后一种说法。从中可以窥见宗教产生的根源，比如向对死亡的恐惧妥协和对逝者敬而远之这两种不同的观念，‘忌’字所包含的‘洁净’与‘污秽’两种截然相反的意义就是由此引申出来的，山岳信仰为这种演变提供了一种民俗学角度的解释。”

"'忌'还有洁净的意思？"

"嗯，契合'慎行神事，净化身心'这句话的含义。'忌'字还与'斋'字有相同的读音。"

鹤宫解释了"斋场"[1]的"斋"字，字面上指的是既神圣又令人畏惧之处。在山岳信仰中，神圣的山就是这种地方。

"而修验道中的进山修行，就是踏入死者的世界，即生即死。通过体验死亡来消除自身的罪恶与污秽之物，受到净化后重获新生。与对山岳的尊崇相对，人们居住的山脚就成了'不洁净'的俗世，并相应产生了地狱信仰：背负着罪孽的亡灵，是不能留在山神周围的。"

丝瓜一边听着鹤宫的讲解，一边想是不是该拿出本子做做笔记。

"因此，比起安置神灵的神社，不如说这里是俗世与神域的分界，也就是划分阴阳两界的地方。"

听到这里，丝瓜终于理解了鹤宫的意思。

"我明白了。照理来说，村中死者的灵魂应去往氏神栖息的姬子山。然而，背负着罪孽的灵魂无法被山接纳，只能停留在山脚。是这样吧？"

① 祭祀或举行葬礼的地方。

"是的。"

"也就是说，大江美姬恶作剧进入神池游泳，因此没有被氏神接受，灵魂只能在山脚下徘徊。我那天看到的正是她的身影。鹤宫老师，您认为是这样吗？"

"算是吧。"

"我确实看到了少女的幽灵。"

鹤宫再次露出了为难的神情。

"存在与不存在的界限，就像山与山脚的划分一样模糊不清。我的研究并不是为了鉴别幽灵的真伪，而是着眼于催生幽灵的风土。"

"这是什么意思？"

"我认为，志愿者往往拥有很强的同理心，他们通常能够对他人的痛苦感同身受，无法置他人的苦难于不顾，不惜牺牲自己的生活去帮助他人。"

"嗯？"

"我想说的是，这种人更容易看到幽灵。"

"为什么呢？"

"和岩鞍先生一样，丝瓜先生向村民打听大江美姬的消息时，其实应该也多多少少听到了一些有关村中的传承与信仰的事。其中就有我刚提到的地狱信仰吧？联系起那位母亲所说的话，就会在无意中产生一种想法，即大江美姬在神池里游了泳，遭到报应，被困在了森林中，因此才会在林中看到少女的形象。我想丝瓜先生看到的——就像您最初认为的那样——应该只是神社的幡旗而已。坦率地说，只不过是‘疑心生暗鬼’。”

“你的意思是我思虑过重，臆想出了少女的幽灵吗？”

“请不要生气，这只是我的猜测。”

鹤宫似乎察觉到了丝瓜的不悦，用尽量明快的语气转移了话题：“其实，这一带吃蝉的习俗，也与信仰有关呢。”

好久没说话的魞泽开了口。

“村里人认为，森林里的蝉是由故人的灵魂转变而来的，通过吃蝉，让蝉进入体内，就能与亡者的灵魂融为一体，将其灵性化为自身之物。

“蝉在羽化时会破土而出变为成虫，这个过程被看作是亡者复活的象征，盂兰盆节[①]时期的鸣蝉更容易让人产生这种联想。”

一说到蝉，魞泽就恢复了活力，喋喋不休起来。

鹤宫轻笑着，继续说道：“因此，村子里也将吃蝉当成一种祭祀仪式。在忌日的法会上吃蝉叫作‘蝉祭’。不过

---

① 日本传统节日，通常为祭奠逝者、超度亡灵的日子。

遗憾的是，最近人们开始用蝉形点心来代替真正的蝉了。”

“老师，点心的形状是成虫还是幼虫呀？”

舩泽追问着细节。

“两种都有。”

突然，一滴雨落到丝瓜脸上。

“下雨了。”

三人从长椅上起身，默契地跑向神殿，挤在狭窄的屋檐下。雨越下越大，森林的气息变得浓郁起来。鹤宫站在一旁，看向丝瓜。

“丝瓜先生之后打算去哪呢？”

“去车站坐巴士……啊呀！”

他看了一眼手机，发现距离下一趟巴士发车只有不到三十分钟的时间了。如果错过，就只能搭乘两小时后的末班车了。

“我得走了。”

“我也准备乘下一趟巴士。”舩泽说道。

“那我们就淋雨跑过去吧。”

鹤宫说着便跑出院子，抄近路冲到弯曲的参道上。三个人向前跑了几十米，领头的鹤宫突然停了下来。

“怎么了？”

“你们先走。我很快跟上。”

丝瓜和舯泽继续跑了一会儿，两人回过头，发现鹤宫站在参道旁的树丛中，正将手伸向身边的一棵树。突然间，森林和她的身影被闪电的光亮笼罩住，隆隆的雷声随即响起，舯泽发出了一声惊呼。

“鹤宫老师！”

“我马上就来！”

跑出森林时，丝瓜的衬衫已经被雨水浸透，鞋底沾满厚厚的泥。雷声远去了，雨还在下。鸟居旁立着一栋看起来像办事处的建筑，三人跑到屋檐下站定，大口地喘着粗气。

“你们能赶上巴士吗？”鹤宫问道，通红的脸上流下的不知是汗水还是雨水。

“能赶上。”

“那就好。”

“鹤宫老师不坐巴士离开吗？”

“我打算去村子里逛逛，做些调研，顺路看看神池的旧址。”

“雨下得这么大还要去吗？”

“雨势好像变小了。再说，也不会淋得更湿了。”

“哈哈，说的也是。”

“对了，丝瓜先生，你知道神社院子里以前的竹篱笆为什么不见了吗？”

“嗯……是不是因为老化了？”

“哼。那个神社一直禁止女性进入，直到几年前才改变规定。”

“禁止女性进入？”

“山岳信仰中的圣山通常禁止女性进入。据说，修验道的创立者是在与母亲诀别后入山的。山既是逝者的灵地，也是使人重生的母体，想要进山，就得和世俗意义上的母亲——也就是女性——告别，而告别的地点就成了阻隔女性的边界……这是教义里的说法。从名字上能看出，这座姬子山的山神是女性。”

鹤宫擦了擦眼角，大概是有雨水冲进了眼睛。

“但实际上，如果女性进入戒律森严的修行地，男性将难以压抑性欲。我认为正是为了解决这一问题，教义提出了‘忌’的概念，认为女性月经和分娩过程中流出的血是污秽物，以此禁止女性出入。近来欢迎女性进山的出羽三山，几年前才开始允许女性修行。而西溜村则是因人权问题遭到批评后，才取消禁止女性登山的规定。”

“竹篱笆是在那时候撤除的？”

“在那之前，为了不让女性从神社前看到神殿，就在院前种上了竹篱笆。”

“原来是这么回事啊。”

“就像丝瓜先生感受到的那样，当时，村子还被‘传统’和‘文化’这样的说辞束缚着。对此，不管是男性还是女性，大多数人都不会质疑，忽略了这些传统本质上的意义，只是将其当成一种日常习惯。然而，只要形成了一种模式，人们就会被要求适应环境、遵循传统。”

雨水打湿了鹤宫的头发和肩膀，她微微颤抖着。

“对不起。明明你们急着赶车，我还说个不停……对了，请收下这个吧。不好意思，给你添麻烦了。”

鹤宫从怀里的背包中取出一沓纸，分成两份。

“我在杂志上发表过一些论文和文章，这是整理成册的合集。”在研讨会上分发后，还剩下一些。

“多谢。”

“丝瓜先生如果不感兴趣就丢掉吧。对了，魞泽先生也拿一份，你可一定要读！”

“谢谢您。”

魞泽伸出双手，毕恭毕敬地接过论文。

“哎呀，赶紧收起来，别弄湿了！那……我就告辞了，咱们有缘再见吧。”

话音未落，鹤宫就快步走出了屋檐下。

“鹤宫老师，祝您调研顺利！”丝瓜慌忙喊道。

"谢谢！"

鹤宫边跑边回头，高高扬起手答应着，身影隐没在柏油路上空的雨雾中，很快就消失了。

从左泽线开往羽前高松站的巴士上，丝瓜和魞泽坐在最后一排，两人中间稍微留出了一点空隙。车上没有别的乘客，他们要坐到终点站，途中响起的到站广播像是在跟两人搭话。

丝瓜用毛巾擦拭着身体，一旁的魞泽拿出鹤宫的论文读了起来。水滴从他的发梢滴落，打湿了论文。雨已经停了，夕阳透过窗户照射着他那弓起的后背，让人联想起蝉的幼虫。

"有意思吗？"

"嗯……你说什么？"

"这篇论文有意思吗？"

"嗯，很有意思。"

"鹤宫老师对幽灵的解释，你怎么看？"

"其实我正好也在思考这件事呢。"

"边读论文边思考吗？"

"这篇论文非常有启发性。"

"魞泽先生有什么见解呢？"

“鹤宫老师认为，那个女孩的幽灵是丝瓜先生大脑中的幻象，我认为这种说法多少有些站不住脚。”

“为什么这么说？”

“比如，为什么丝瓜先生看到的女孩与死去的大江美姬外貌特征一致，鹤宫老师并没有详细解释这一点。”

丝瓜点了点头。

“我也很疑惑。按照鹤宫老师的说法，我得事先对美姬的外貌特征有所了解，我的大脑才能利用这些信息，形成她的幻影。”

但在看到那个女孩的瞬间，丝瓜注意到了她的外貌，却没有由此联想到大江美姬，似乎有些不合逻辑。

“实际上，我事先对大江美姬的形象毫无了解。在岩鞍告诉我女孩的外貌特征与大江美姬一致之前，我并没将两人联系起来。”

“我敢说，你看到的应该不是幻象。”魞泽回应道，“丝瓜先生在神社看到的女孩是真实存在的。”

魞泽的表情显得有些呆滞，但声音听起来却颇为诚恳。不，也许他本就长了一张严肃的脸。丝瓜听出了赞同的意味，虽然称不上强烈，但他依然很高兴。

“你是说，我见到的确实是女孩的幽灵吗？”

“幽灵？不不，不是的。”魞泽急忙说道，“我的意思是，你看到的确实是一个女孩。”

“所以幽灵……”

“她不是幽灵，而是有血有肉的人类。”

好像有些混乱。

“可那时大江美姬已经死去了啊。”丝瓜平静地反驳道。

“那就只剩下一个结论——丝瓜先生看到的女孩和大江美姬不是同一个人。”

怎么越听越乱了呢。

“可我看到的女孩，外貌特征与大江美姬惊人地相似啊。”

“那是当然的。因为岩鞍描述的就是丝瓜先生看到的那个少女。”

“请等一下，我不太明白……”

“你看到一个女孩走进神社院内，岩鞍先生同样看到了她。这个少女并非大江美姬的幽灵，而是活生生的人。岩鞍先生将这个女孩的特征，当成大江美姬的特征告诉了你，导致了你的误解。”

“不会吧……如果是这样的话，那个女孩怎么消失了呢，她去了哪里？”

“她没有消失，只是藏起来了。”

“藏到哪里？神社殿内和石头里，我都检查过了。”

“睡袋里。”

“什么？”

“岩鞍先生的睡袋。”

“睡……这不可能啊。”

丝瓜不由得笑起来。

“岩鞍当着我的面卷起睡袋，然后叠成小块塞进了背包啊！再小的孩子都不可能藏在里面。”

“女孩那时已经离开睡袋了。”

“那也太凑巧了吧。她什么时候能……”

啊。

“没错。你困在石头里时，她是可以逃走的。”

如果是那个时候倒是有可能……嘎的一声，巴士突然猛烈晃动起来。

“舳泽先生，我们先冷静一下。”

“我一直很冷静啦。”

“你的意思是，岩鞍跟那个女孩合伙骗了我？”

“你指他们事先商量好了吗？不太可能。毕竟他应该不会预料到你会去神社。”

“那到底是怎么回事？为什么那个女孩要藏进岩鞍先生的睡袋？”

“应该是岩鞍让她藏起来的。”

"什么……难、难道说从前一天开始，两个人就睡在一起吗！对方可是个小学生啊！"

"不是这样的，丝瓜先生，请你冷静一下。岩鞍先生这么做是为了保护突然出现的少女。"

"保护？我不明白。"

"你还记得刚才鹤宫老师是怎么形容那个神社的吗？记得那个破坏村中规矩的女孩吗？她违背传统，进入了禁止女性入内的场所。"

"啊，我想起来了。"

"岩鞍先生不希望其他人看到违反禁令走进神社的女孩。他听你说了大江美姬母亲的事情后，第二天便向村里人打听了美姬一事的前因后果，由此知道了女性禁忌的传统也不足为奇。再加上岩鞍先生可能听说了一些其他情况，于是采取了这样的行动来平息事态。"

"他听说了什么？要平息什么？"

"我按顺序来梳理吧。岩鞍发现，除了女孩之外，还有其他人走向神社，便担心是村民跟了过来。他想起村中有人特意向学校举报美姬在神池游泳的事，美姬的母亲也因此被指责教导无方，导致母女俩产生矛盾，留下了无法弥补的遗憾。"

觥泽将手中的论文放在了一旁的座位上。

“当时，大江美姬的遗体还没有找到，如果被人知道有别的女孩同样违反了女性禁令，村民会怎样对待那个孩子和她的家人呢。我想，岩鞍先生顾虑的正是这一点。”

“你刚才说‘同样’？那就是说，美姬也曾进过神社的院内？”

“不，我指的是她在神池里游泳那件事。如果说御隐之森是围绕着御隐神社这一圣地的‘结界’，以此阻挡女性进入，那么环绕着小岛的神池自然就是岛上神社的屏障吧？这样一来，大江美姬游过神池登上小岛，便同样打破了女性禁制。”

“原来如此……”

“现在我们回归正题吧。岩鞍意识到，不能让其他人看见这个女孩走进了神社，情急之下，他让女孩藏到睡袋里。女孩则有种负罪感，害怕被人看见遭到惩罚。所以在岩鞍让她藏起来时，她立刻理解了对方是想保护她。”

“但出现的人并非村民，而是我啊。岩鞍却让女孩继续藏在睡袋里。”

“我想他当时应该犹豫过。只是他的一番说教曾让丝瓜先生改变了自己的宗旨，他因此而感到不安。”

舯泽开玩笑似的用了“改变宗旨”这个说法。

“这到底是什么意思？”

“比如说，志愿者的使命应该是照顾受灾者的情绪来进行救援，而不是随着自己的想法任性而为。岩鞍先生用自己的经验劝诫你，丝瓜先生也听取了他的话。因此岩鞍先生担心你会因为接受了当地的价值观而排斥少女的行为。”

“不管怎么说，我也不会去斥责那孩子……”

“当然，丝瓜先生应该不是这种人。但岩鞍先生希望，尽量避免让少女感到不安吧。”

“我甚至都不知道神社的院子是禁止女性进入的。”

“但是这一点，岩鞍先生并不知情啊。他多半会以为你和他一样，从村子里打听到了这些信息呢。他会这么想也是情理之中。”

“也是……”

“于是，岩鞍开始找机会让少女逃跑。理想的情况下，当然是丝瓜先生能够快点离开，但是他没法催促你。而且丝瓜先生确实看到了少女走进院内，肯定会主张少女并没有离开神社。再加上你往社殿里看了看，怀疑少女藏在里面。岩鞍先生认为，对于少女消失一事，必须要给出足以让人信服的理由。于是……”

“于是他便试图让我相信那名少女是大江美姬的幽灵。”

正常来说，这并不是一个能够让人信服的理由。然而在环境异常的受灾地，一直没能找到失踪者，再加上身处村中山间的灵场，这独特的氛围促使丝瓜接受了这样的说法。

“岩鞍想到一个办法，他利用山中的泉水与神池同源的传说，将丝瓜先生封进了石头里，让少女趁着这个时机逃走。当岩鞍说出‘那个孩子应该就在那里’时，藏在睡袋中的少女也许会颤抖不已，以为自己遭到了背叛，却发现那两个男人走开了，在离自己很远的社殿附近争吵着什么。接着，她看到丝瓜被封进了石头里。意识到这一点的她，悄悄从睡袋中探出了头……”

“这时，岩鞍向她发出了‘快跑’的信号。”

丝瓜大喊大叫时，对方却保持着沉默，恐怕就是在那几十秒中，岩鞍向少女打手势，示意她离开。

“只是个简单的诡计。”

“可我就是被这么简单的把戏给骗了。”

“其实这件事发展到一半，岩鞍先生的目的已经变成了欺骗丝瓜先生。”

“什么意思？”

“他是想让丝瓜先生恢复那一腔热情。”

“啊？”

“在神社院子里过夜时，岩鞍先生就下定决心，哪怕违背自己的信念，也要直接参加大江美姬的搜救工作。那位母亲说过的话，加上从村里听来的事情改变了他的想法。”

“毕竟那是志愿活动的最后一天。”魞泽补充道。

“岩鞍希望能和丝瓜一起搜索。但为了实现这一点，岩鞍需要让被自己说教过的丝瓜接受他的转变。同时，他也想让丝瓜找回当初对着志愿者同伴们演说时的那种情感。所以他藏起少女，又让她逃走，通过这一连串谎言来动摇丝瓜先生的内心。”

“真令人惊讶……难道魞泽先生认识岩鞍，听他说过这件事的真相吗？”

“确实存在这种偶然性。”魞泽意味深长地说道。

“说到偶然……”

丝瓜突然想到一个问题。

“……大江美姬打破神池的禁忌，少女打破神社境内的禁制，这两者之间存在直接的关联吗？说起来，她们为什么会突然间无视村中的传统，做出这种事呢……”

“大江美姬当时是小学六年级的学生，你在神社看到的那个少女，应该也是小学高年级的学生。在这样的年纪，她们身上会发生一件让人不由自主地意识到自己是女性的事情。”

丝瓜想起鹤宫提到过的关于“忌”的话题。

“是……月经吧？”

“人们对月经和分娩出血避之不及，其根源是对‘死亡’的恐惧。在古代，因生产而丧命的女性远比现在要多。但不知从何时起，这与社会对女性的蔑视联系在了一起。两个少女在成为‘忌’的对象时，意识到自己所居住的村子中居然残留着这样的风俗……”

“因此，少女们想要对抗这种风俗。”

说到这里，丝瓜意识到了一件事。

“难道说……鹤宫临别时提起女性禁制是想传达这一点吗？也就是说，她和鱽泽先生推理出了相同的结论。”

这时，鱽泽拿起放在旁边座位上的那本论文册，递给丝瓜。

“如果没有下雨，我们也不着急赶巴士的话，老师应该会亲自解释这一切吧。”

丝瓜品着这句话里的意思，接过论文册。事实上，这并非论文而是随笔，内容是鹤宫成为民俗学家的缘由。

我所生长的村子里，还残留着过去的信仰。小时候，我只顾着享受夏天祭典带来的快乐，从未深刻地思考过信仰以及由此诞生的习俗。六年级时，我的身体发生了变化，我对村中“理所当然”的风俗产生了巨大的疑问。

女性不能进入神社的院内，哪怕是稚儿期的孩童，也只有男孩可以进入。我知道，这一风俗与污秽的思想有关，十一岁的我受到了极大的震撼。我将自己的想法告诉父母，他们却说从未仔细思考过这一问题，所以不能给我详尽的解释。我的父亲从女儿的口中听到“月经”和“分娩”这些词语，这更令他不安。

我希望找到能和自己产生共鸣的人，便将自己的想法告诉了一位亲密的朋友。当时，轮到美姬家管理神池。某天放学途中，我无意中对她说：“你家守护着禁止女性进入的神池，你也无动于衷吗？”美姬答道：“是我的父母在守护，不是我。”我紧逼一步，“可美姬你从来没有思考过这件事吗？”我这样追问她。

又过了几天。早上我来到教室后，美姬走了过来，小声说道：“我做到了哦。”对着一头雾水的我，她露出了自豪的微笑。当天的生活会结束后，老师把美姬叫了出去，给其他人安排了一个小时的自习时间。而后，她在神池中游泳的事情便渐渐传开了。听说是目击者向学校通报了此事。

我感到害怕，只希望美姬没有对任何人说出过我的名字。那天我不敢向她搭话，一到休息时间，便马上逃到走廊里，放学后第一个冲出了教室。美姬从后面追上来，紧紧抓住我的肩膀。

“我没有跟任何人说过逸美的事！”

自己的小心思被人看透，我恼羞成怒。

“我从来没有让你去做那种事啊！”

“是啊，是我自己决定的。”

她这么说着，紧紧咬住了嘴唇。

班级里有同学知道我在图书馆读过关于村子的历史和山岳宗教的书，有人将这些和美姬的行为联系了起来。我甚至连图书馆都不敢去了。又过了几个月，村里发生大地震，美姬家的房子被沙土冲走，人们在神池里找到了她的遗体。

如果要问，她的死是否与打破村中禁忌有关，现在的我当然会回答“不”。但当时的我无法这么认为。我的内心被因果论的习俗禁锢着。后来我对民俗学产生兴趣，立志成为民俗学研究者，也许是想要借用学术的力量断绝这份因果，希望将自己从不复存在的民俗中解放出来。

读到这里，丝瓜放下了册子，一时间不知该说些什么。

鲂泽神色为难地挠了挠头。“看来我打扰了老师的返乡之旅啊。”

“这么说来，十六年前我在森林中看到的少女就是……”

“确实存在这种偶然性”——丝瓜这才意识到，之前鲂泽那句意味深长的话，实际上指的是自己与鹤宫的相遇。

“嗯，是啊。所以……”

丝瓜报上自己的名字时，鹤宫一直盯着他。当年藏在睡袋里时，她一定听到了岩鞍叫过他那奇怪的名字，并且至今都还记得。

“按照鲂泽的说法，岩鞍可能知道的那件事，也就是指……”

“嗯。是大江美姬去神池游泳的原因。老师的文章里提到，这件事在班里似乎已经传开了。热衷于搜集信息的岩鞍先生很可能对此事有所耳闻。”

岩鞍被一群背着书包的少女包围的样子，在丝瓜的脑中再次浮现了出来。

“在神社，岩鞍先生意识到，眼前的少女有可能是大江美姬的朋友，与大江美姬打破禁忌一事有关。他开始推测，她是以何种心情闯入神社境内的，多半是对朋友的死，以及朋友的遗体一直未能被找到这件事产生了罪恶感……”

丝瓜回想起避雨时，鹤宫那被雨打湿的头发，还有她微微颤抖的肩膀。

“所以她打破禁忌闯进神社境内，希望惩罚自己，以求神池归还朋友的遗体。岩鞍察觉到了少女内心的痛苦，决定加入搜索美姬的队伍……也许，这就是整件事情的真相吧。”

岩鞍曾经说过，哪怕只能找到遗体，也是极大的慰藉。

丝瓜打开车窗，深深吸了一口气。他本以为会闻到森林的气息，但扑鼻而来的却是汽车尾气与柏油马路的热气。这一带似乎没有下雨。村子已经离得很远了。

“在森林里的时候，鹤宫老师为什么不直接说‘其实那就是我’呢？如果她说出来，我们还可以再聊一聊……”

“也许老师认为，如果这样做，有些事无法传达出来。或者，她希望我们自己去思考。”

“……”

“也许她有些犹豫，不知道该不该将岩鞍先生保守的秘密说出来。但岩鞍先生去世后，能够告知丝瓜先生真相的就只有自己了。纠结到最后，她决定将这本册子交给你，让你自己去发现。实际上，我读这篇文章时猜到，丝瓜先生遇到的少女应该就是鹤宫老师，由此开始思考神社内的玄机，以及少女与岩鞍先生的心情。”

丝瓜回忆起雨中的鹤宫，她淋着雨，走向参道旁的树下，向一棵树伸出手，抓住了某样东西——一只幼蝉。在闪电的笼罩下，她毫不犹豫地将那只蝉放入口中。

今年是大江美姬的十七周年忌辰。鹤宫是为了“蝉祭”回到那片森林的。

巴士广播响了起来。马上就要到羽前高松站了。

小町蜘蛛

在没有信号灯的十字路口处，一位老先生挥舞着双臂，拦停了一辆沿元町东街向南行驶的救护车。路口处发生了事故。

救护车对面的车道上停着一辆小面包车，车前面被撞得凹陷了一大块，一个身着附近常见制服的中学女生倒在车子前。

一个中年女人跪在路上，手里拎着鼓鼓囊囊的塑料袋，正呼喊着女生。

小面包车的司机看上去像是个白领，他站在倒下的中学生和车子之间，不知所措地踱步，似乎想用手机做点什么，却又举棋不定。看样子他没受到什么外伤。

“不好意思！”年轻的急救队员从驾驶席一侧探出头，向拦住救护车的老人喊道，“是您打电话叫的救护车吗？”

老人愣了一下，说：“不然你们也不会来啊。”

中年女人摇晃着手里的塑料袋，举起手机尖叫道：“赶紧送去医院吧！这孩子已经失去意识了。”

事态似乎很严重，急救队员又一次提高音量喊道：

“我们接到了其他求助电话，得先去前面小区！你们的救护车马上就来，请稍等一下。”

十月一日，下午四点五分，有人打电话说某小区的一名住户倒下了。从这个路口右拐驶入小区单向道是最近的，可偏偏被另一起事故堵住了去路。

“怎么，难道你要丢下这孩子不管？”中年女人反驳道。

“不是这样……”

“那就赶快下来救人啊！”

急救队员无言以对。

“快走吧。前面路口右转。”坐在副驾的队长发出指示，年轻队员点了点头，踩下油门，就在这时——

“请等一下！”

没想到中年女人迅速冲到了车子前，他又赶紧踩下了刹车：“危险！请让开！”

“你们难道要见死不救?！”女人从袋子里拿出一根葱，边喊边轮番指向急救队员和队长。

“请您让开！我们要救的也是一条人命！”

就在这时，后面传来了警笛声，年轻队员不由得松了口气。

“听到了吧！救这孩子的车到了。”

女人没说话，只是憎恶地瞪了他一眼，回到中学生身边，握着她的手絮絮道：“没事了，没事了。”

年轻队员看了她一眼，再次发动了救护车，从南边路口右拐进入小区。他刚松了一口气，没想到麻烦又来了。

小区被栅栏围了起来。平时车子都能从小区南北两侧的大门进出，按理说，救护车可以从南门进入。

然而，南门边正在维修水管，车辆无法出入，而且这样一来，来往车辆都只能在道路的一侧行驶，堵车很严重。北侧道路原本就是单行道，但这边本应是双行道。

“我们下车去现场。你把车子开到北门去。”队长指示道，对坐在车子后面的急救人员说，“我们走。”队员们齐声答应，抱起帮助伤患呼吸的器械箱以及担架。

担架可以从中间纵向拉开，从两侧抬起伤患，方便运送疑似头部或者脊髓受损的伤患，而且这种伸缩比较自由的担架也更适合在小区的狭窄楼梯使用。

两名救护人员沿工地跑进南门。

而另一边，救护车则绕到小区西边的一条小路，向北门驶去。经过小区停车场时，可以看到四号楼住户的阳台。只有二楼的一户人家挂着窗帘，想必是电话所说的二〇一室。车子到达北侧道路后，又在单行道上逆行向东开了几十米，驶入北门，停在了四号楼前。透过楼道窗户能看到担架。

住户们不知道出了什么事，都聚在一起。年轻队员看了看手表。现在是下午四点十六分，距接到电话已经过去了十一分钟。他紧咬嘴唇，一边想着本可以更早一点到，一边跳下驾驶座，打开车后的门，准备迎接伤者。

“后脑受了外伤。还有呼吸，但失去意识了。”

队长简短地说道。伤者是一位穿着便服的女性，脸色苍白，可能是因为化过妆。她的嘴唇是一种优美的赤红色。

队员们尽量平稳地将伤者抬上车，固定到车里的主担架上，随后开始测量伤者的血压、测量心率、血氧饱和度。队长取出对讲机，年轻队员开始向北门驶去。

幸运的是，队长很快就找到了能够接收伤者的医院。年轻队员拉响警笛，在小区北侧的单行道逆行。

经过之前发生事故的路口时，警察已经在处理那起交通事故了。倒在地上的中学生也已经不见，只有面包车司机正低着头听警察问话。

那个拎着塑料袋的女人像挥着指挥棒一样将大葱对准看热闹的人群，似乎正激动地说着什么。年轻队员感觉到了她目光中那冰冷的憎恶感，赶紧移开了视线。

救护车在路口左转，沿元町东街向北开去。急救队员盯着监护仪器，报告道："心跳、血压稳定。心电图和血氧饱和度也没有异常。"但很遗憾，无法在车里确认伤者的脑部损伤情况。

队长再次拿起了对讲机。

"吉良元町一号急救呼叫本部，请回答。"

"这里是吉良急救本部。请讲。"

"关于正在送往医院的女性，事发现场有可疑之处。请通知辖区警方。"

✻

市营元町小区内有四栋楼，都是普通的五层板楼，从空中俯视，这四栋楼组成了一个"E"的形状。E 的上部为北，下部为南。

出事的四号楼位于 E 的竖侧，位置偏西，南北狭长。楼房有两个入口，一梯两户，结构相当传统。

应急救中心的要求，吉良警察局的搜查一科派了两位刑警紧急赶往现场。

被急救车运走的是二〇一室的住户平朱美，今年三十二岁。打电话求救的是住在同一栋楼四〇二室的三泽加奈子。

救护车赶到时，平朱美仰面倒在玄关里侧的厨房地板上，三泽加奈子蹲在她身旁。

当时平朱美已经失去了意识，对他人的呼叫毫无反应，但还能自主呼吸，心跳也算正常，怀疑是心肺疾病引起的脑部伤病。

急救队员把她抬上担架时，看见了地上的血迹，进而发现了她后脑的外伤。旁边的钢制桌角上也沾着血迹。

三泽加奈子并未目击平朱美倒下的瞬间。

因此，尚不明确外伤与意识丧失之间的关系。

另外，倒在室内的伤者却被其他住户发现，这一点也有些可疑。

她是先失去意识，然后在倒下时撞到了桌角吗？

还是因为被桌角撞到了头，所以才失去了意识？

如果是前者，那么失去意识是因为生病，还是另有原因？

如果是后者，那么她为什么会被桌角撞到后脑摔倒？

总之，平朱美究竟是意外受伤，还是被蓄意谋害呢？

两位刑警要做出判断。如果她无法清醒过来，这个判断就更重要了。

巡查桂木弓询问三泽加奈子期间，搜查一科主任、巡查部长唐津担之前往小区管理处打听伤者平朱美的家庭情况。

此时是下午五点，管理处已经快下班了，但工作人员相当配合，在与管理中心总部确认过之后，工作人员告诉唐津，平朱美与上初一的女儿真知子一起生活。

唐津请工作人员帮忙给真知子就读的中学打了电话，得到的回答是“她已经放学了”。

一想到他要把母亲昏迷送去急救的事告诉马上到家的真知子，同时还要对此事进行刑事调查，唐津就感觉心情沉重起来。他将车停在四号楼西侧的停车场内，听桂木报告调查结果。

“当时三泽加奈子正准备出门买东西，下楼途中听到了二〇一室……”

“稍等。”唐津举起左手，打断了桂木。

“所谓的途中，具体是哪里？”

“我看看……”桂木巡查查找着自己的笔记本，“是在三楼和二楼之间。”

“那你一开始就说清楚啊。报告要迅速且准确，如果不能及时同步信息，很容易误入歧途。”

"抱歉。"

可能是唐津的错觉，桂木巡查似乎从鼻子中"哼"了一声。

"从三楼走向二楼时，她听到了二〇一室中传来的声音。"

"是怎样的声……"

"我正要报告这一点。三泽女士来到二〇一室门口，将耳朵凑上去听。她听到里面传出了'妈妈''醒醒'一类的声音，感觉不对劲，于是连门铃都没按，直接握住了门把手……"

"喂，等一下。"唐津很吃惊。桂木一副"又怎么了"的表情。

"里面有人说'妈妈'，是吗？"

"是的。"

"她女儿已经回家了？"

"好像是这样。"

"什么叫好像是这样？那她现在又在哪里？没听说她在救护车上啊。"

"这我就不知道了。"

"不知道？"

"三泽女士说，进屋后她看到了仰面倒在地上的平朱美女士，还有蹲在她身边的女儿真知子，她当时吃了一惊，于是上前问话。

“——发生了什么？要不要打119[1]？见没反应，她说：‘没关系，交给阿姨处理吧。我马上叫救护车。振作点！’一边摇着真知子的肩膀。然后真知子那空洞的眼神突然有了焦点……

“她突然跑向玄关，冲到了外面。”

唐津叹了口气，透过前挡风玻璃抬头看向二〇一室的阳台。明明是接到报警才来的，却连案发房间都无法看到。

如果平朱美死亡，就可以对命案展开调查。法医和现场勘查人员可以从多个角度判断是否构成刑事案件。

然而她现在还活着。不能因为急救队觉得现场可疑，就在未得到其家人许可的情况下擅自进入伤者家中调查。所以警方打算等到女儿回家，得到她和小区管理处的同意后，再去事发房间里调查。

然而，真知子明明已经回家，却又离开现场不知所踪……

正在他思考着到底怎么回事的时候，唐津的手机响了

① 日本的119不仅负责火警，也负责急救。

起来，是刑事科打来的。

“我是唐津。”

“喂，你那边的案子有点奇怪。”

对方没有自报姓名。唐津用口型对桂木巡查说“是科长”。

“其实我们也觉得有点奇怪……嗯，好的……什么？”

唐津吓了一跳。见他的反应这么不寻常，坐在副驾驶的桂木巡查有些惊讶。

“好的……我知道了……好的……”

唐津挂断电话，心沉了下来。

“主任，怎么回事啊？”

“……三泽加奈子打 119 的三分钟后，有人打电话给急救中心，说距离这个小区二百米的一个路口发生了交通事故。”

“是我们刚才路过的元町东街那边吗？”

唐津点了点头，继续说道：“受害者陷入昏迷，被送到了医院，而肇事司机被交通科当场逮捕。”

“啊，这和我们的案子有什么……”

太凑巧了。桂木巡查皱起了细眉。刑事科长应该不会特意交代一起毫无关联的交通事故。

“……难道受害者是……”

“嗯，就是平真知子。”

唐津抱着胳膊站在发生交通事故的路口。

事故发生的经过逐步明朗起来。

平真知子走出北门，沿小区北侧街道向东跑去，在经过前方二百米处与元町东街交叉的十字路口时，被从南边开来的面包车撞倒了。

肇事车属于某保险代理公司，司机今年三十四岁，正在外跑业务。虽然现在还无法判断是否有超速或者疏忽驾驶的问题，但因为受害者伤势严重，还是将他逮捕了。现场的刹车痕迹如同墨迹一般鲜明。

二人从交通科那里听说了与急救队员的争执。第一辆救护车本应去小区运送平朱美，却被拦在了事故现场。当然，正赶往小区的急救队员们也想不到，眼前躺着的中学生正是受伤女性的女儿。她们被送到了同一家医院，但是警方花了不少工夫才弄清楚两人是母女关系。

目击者说，事故发生时，真知子正在全力奔跑。

唐津把胳膊抱得更紧了。

真知子撇下倒地的母亲，也没注意行驶中的车子，反而冲进了十字路口，她到底想要去哪里——

“从路口继续往前不到一公里，就是 JR 车站了。”

桂木巡查说道，仿佛猜到了唐津的心思。他吓了一跳，不由得看向她的侧脸。

“你有超能力吗？”

“啊？”

“没什么。”

二人向现场的交警道了谢，转身向小区走去。

“主任，三泽的证言还有……”

“啊，还有什么？”

“最近，二〇一室的这对母女似乎关系不太好。她说经常能听到两个人吵架的声音。”

“具体内容是？”

“她说……因为站得不够近，听不清具体情况。”

原来如此。三泽加奈子知道两人闹矛盾，所以今天才特意过去听了一下。

“平真知子要去车站。”

“嗯。”

“她去车站干什么？”

“应该是想搭乘电车吧？”

两个人对视着。

“你是想说——坐电车逃走吗？”

“我不是说她要逃走。”

桂木巡查先移开了视线。

“平朱美是位单身母亲。她应该有工作，那时是不是回家太早了？”

“听三泽女士说，朱美女士平时在市里的食品工厂上班，这份工作是轮休制，平时也能休息。所以她工作日在家也很正常。”

事故发生时平真知子还穿着校服，很可能刚到家。女儿到家时，母亲已经倒下了吗，还是另有隐情？

“不知道平真知子回家前是什么样。”

“要不要在附近打听一下？”

两人穿过北门，准备前往小区西侧的儿童公园。“两位，请稍等一下！”两个人回头一看，一个中年女人正小跑过来。她左手拎着塑料袋，右手握着一根大葱。刑警们完全搞不懂她为什么只拿着大葱。

“你们二位该不会是刑警吧？”

唐津吃了一惊：“你有超能力吗？”

“什么？”

“不，没什么。不过你怎么知道我们是刑警呢？”

“因为你们刚才在事故现场，一直在和交警谈话。这事故太严重了，连便衣警察都来了。”

“不，我们不是来调查交通事故的……”

“我是那场事故的目击者哦。”

女人用大葱指着自己说道。事故发生时，面包车从她身旁开过，在路口撞倒了少女。

“那孩子是叫真知子吧？也不知道她怎么那么着急，突然就冲到了十字路口。如果她一直跑过去倒还好，可偏偏被吓住，僵在了原地。当时我被车挡住了视线，没有看到她被撞倒的瞬间，刹车声也把她的叫声盖住了。我想着‘糟了’，看到她已经被撞飞到了马路上。我马上就跑了过去，袋子里刚买的鸡蛋都被撞碎了。这可不是小事。司机不知所措，最后还是旁边一个男人给急救中心打的电话。以前这里违反交通规则的人不少，不过最近加强了监管，事故少了很多……还是应该安个信号灯。你们警察得想想办法啊。”

她没完没了地说着。听说这个女人和急救队员发生了争执，可以想象她会是这种人。

“对了刑警先生，刚才到达现场的救护车，放着这孩子不管。”

果然如此。

“请你们警方也和那边打个招呼吧。明明是分秒必争的时候，真不知道那些人在想什么。”

看起来，她还不知道小区里的伤者就是平真知子的母亲。如果任由她说下去，不知道什么时候是个头，唐津决定给她泼点冷水。

“真知子为什么那么着急呢？”

他这样问道。当然，他并未期待对方会给出什么回答。

“可能是和朋友约好了吧……”女人回答道。

“什么？”

“学校的朋友嘛。刚才那边有人问我：‘你知道发生事故了吗？’我说‘知道啊，有个叫真知子的初一学生被撞了’，听我这么说，那个女生说‘果然是小真’，突然就哭了起来。”

她说着，也露出了一副要哭的样子。希望她别用大葱擦眼睛。

“小真这叫法还挺可爱的。那个女生好像是和真知子同一个社团的同学，今天社团练习临时取消了，她们约好要一起去附近的甜品店。说是下午四点在学校门口集合。”

女人的语速很快，柱木巡查拼命地在笔记本上记录着。

“可是已经过了约定时间，女生还没等到人，就来小区找她。而且两个人还都没有手机。来的路上，她听说发生了事故，就怀疑会不会是真知子……这说不通吧？从小区出来，十字路口和学校方向可是完全相反。如果她不是去赴约，那到底是要去哪里呢？”

她并不知道平朱美的事，能分析这么多也很不可思议。至于她的疑问，唐津他们认为真知子可能是要去坐车。

她的话还有一点值得注意。

地图软件显示，从小区到学校要步行十五分钟左右。如果要赶上和朋友的约定，那真知子最迟要在下午三点四十分左右回到家里。

三泽加奈子打 119 的时间，是下午四点五分。

假设真知子回家后发现了母亲，那么她在这二十分钟的时间里，只顾着呼喊母亲，什么也没有做。平朱美是在真知子回家后才发生意外，这样想更合理。唐津一边推理，一边四处打量着。

“她的那位女生朋友，已经……”

女人听他这样问，回答道：“啊……已经走了吧……”刚说完，又道：“啊，不过那个男人刚才也和女生说话了。他好像看到了真知子放学……”

她用大葱指了一下站在公园对面路上的男人。

元町小区西侧的小路连通了两条东西向的马路，如同一个“工”字，竖向的那一条就是小路，小路右侧是小区，左侧则是儿童公园。

沿“工”字上面那一横往东，也就是右手边前进，就是平真知子遭遇事故的十字路口。这里是单行道，车子可以从路口拐进来，但不能反向离开。运送平朱美的救护车拉响了警笛紧急逆行，才从十字路口开上元町东街。

而下面那一横，虽然不是单行道，但小区南门前正在维修水管，所以有点堵车。听交警说，前来救助平朱美的救护车也在这里遇上了麻烦。顺带一提，真知子的中学正门就在这条路的西侧。也就是说，这是她去往学校的必经之路。

女人用大葱指着的那个男人，就在这条上学路，也就是南边马路的公园旁站着。两位刑警向女人道了谢，向他走去。

“不好意思，听说您看到了平真知子放学回来，能问您几个问题吗？我们是警察……”

“嗯，我看到了。”

男人上了年纪，头发花白，穿着绿色针织衫和灰色西裤。

“你认识真知子吗？”

“她上小学的时候来参加过社区活动。最近我们的关系疏远了，平时遇到最多会互相打个招呼。”

说到这里，男人露出了有些落寞的神情。

“你是在这条路上看到真知子的吗？”

"嗯，我当时正带着小狗散步……啊，我家就在附近……我看到真知子当时一个人待在公园里。"

"在公园里？你还记得具体是几点吗？"

"我是下午三点半出来散步的。这是我的固定习惯，应该不会有错。"

"真知子当时在公园里玩吗？"

"也算不上是玩吧。就是在扔石头。"

石头？

"昨天不是刚下过雨嘛。你看，那里有个很大的水洼。"

也许是因为这里排水不好，公园正中确实有个巨大的水洼。

"她一直在那里扔石头。如果是往池子或者湖里扔我还能理解……不是有个游戏叫打水漂，看石头打在水面上能跳几下吗？可是，水洼再大，也没法玩那种游戏吧。我当时就觉得有点奇怪。"

唐津看了桂木巡查一眼。她摇摇头，表示她也不懂。

"当时真知子是一个人吗？"

"那时候不是哦。"

"什么意思？"

"我散步回来时，发现有个男人在她旁边，但对方应该不住在这附近。看上去三十多岁吧……我看不清他的脸，只能说个大概印象。”

“那个男人也在和她一起扔石头？”

“不，那时她已经不扔了。不知道为什么，她好像是在看芒草。”

公园的一角确实长着一小片芒草。

“当时他们两个都蹲着。然后真知子突然站起来，跑出了公园，直奔小区。她直接从南门工地中间穿了过去。我当时还觉得挺危险的呢。”

“那大概是几点？”

“唔，差不多快到四点吧。我每天都在固定时间散步，误差也就几分钟。”

唐津在心里叹了口气。这样一来，真知子在下午四点之前回家的假设也不成立了。

而且，明明已经快到和朋友见面的时间了，为什么她还要在公园里扔石头？那个和她一起看芒草的男人又是谁？新的疑问又冒了出来。

“那个陌生男人有没有在后面追着真知子？”

“我感觉不像。不过，肯定是和她往同一个方向走的。”

“你跟那个男人说过话吗……？”

“不，没有。虽然我很在意，但是斯坦利·丹催我回家。”

“斯坦利·丹？”

"是我家的狗。"

"啊……真是好名字。那个男人有没有什么明显特征？"

"特征啊……我想想。啊，他穿的衣服就和那人一样，背包也是同款。也有点驼背。还有发型和身高也……哎呀，就是他嘛。你们看，就是站在那里的那个男人。"

不知何时，公园那大水洼的旁边出现了一个男人，背对刑警们站着。

男人的名字叫魞泽泉。他不是吉良市本地人，他解释："我喜欢采集昆虫，回来的路上偶然经过了这里。"身为刑警，不该有先入为主的想法。但唐津总觉得这个突然出现的家伙非常奇怪。桂木巡查似乎也抱着同样的想法，她看魞泽的眼神仿佛是在看袭击少女的变态。没准这下能给生活安全科卖个人情呢。

"不是偶然，而是抱着什么目的而来的吧？"

桂木巡查打开笔记本，率先问道。

"我听说这附近有个初高中女生们相当喜欢的甜品店。"

"你对初高中女生感兴趣？"

"硬要说的话，我还是对甜品店更感兴趣。"

"话虽如此，你还是挺关心年轻女性的吧？有人目击你之前和一位初一女生待在一起。你明明要去买甜品，又为什么要来这个公园？”

“因为从车站去甜品店的路正好经过这里啊。”

“这理由听起来可有点牵强。”

“……不好意思。我确实对那孩子有点兴趣。”

哎呀……本以为还要再费点口舌他才会交代，没想到这么干脆就承认了。桂木巡查握着笔的手指又用了几分力气。

“请你详细说明一下。”

“她当时一直在对着水洼扔石头。”

“所以你选了一个看上去很寂寞的女生，向她搭讪了？”

巡查的声音变得严厉起来。她明明是在打听和平真知子有关的信息，现在口气却像是在讯问可疑人员。

“如果她只是在扔石头，我不会跟她说话。我在意的是，当时水洼上飞着很多蜻蜓。”

“蜻蜓？”

“所以我才走近她，跟她说‘请不要再扔石头了，这样会吓到蜻蜓’。我喜欢昆虫，所以没法对这种行为视而不见。”

“……”

“然而，她的回答让我很吃惊。‘没关系，我就是为了惊吓蜻蜓，才扔石头的。’而后她瞥了我一眼，就继续像射箭一样掷起了石头。刑警先生，您怎么看？”

“我说，你能不能说实话啊？就你这种态度，我们可以以妨碍公务……”

唐津赶紧连声说“算了算了”，制止了有点生气的部下。

“所以那个女生为什么要刻意惊吓蜻蜓呢？”

他顺着鮎泽的话继续问道。不管怎样，先让对方随便说吧。

“我当时也感到不可思议，便问她原因。结果，我又吃了一惊。她说，那是为了保护蜻蜓的生命。”

“嗯……这是什么意思呢？”

唐津身边的桂木巡查吃惊地问道。

“水洼上的蜻蜓正在点水产卵。你看，就像这样。”

鮎泽指着水面上成列低空飞行的蜻蜓。飞在后面的大概是雌性，它们的腹部会时时触到水面。

“这种蜻蜓叫秋赤蜻——也叫红蜻蜓——它们会在浅水中产卵。卵在水中过冬，等到春天就会孵化出幼虫。但是，公园中的水洼马上就会干涸，在这里产下的卵无法成活。真知子为了不让蜻蜓在这里产卵，才一直朝着蜻蜓扔石头。”

“请等一下。你刚才说了真知子吧。你怎么知道她叫什么名字？”

“因为我们之前聊到了小町蜘蛛[1]……我按顺序讲吧。听了她关于蜻蜓的想法后，虽然不是很赞同，但最后还是不冷不热地对她说‘你真温柔啊’。真知子有些不满，瞪着我说了句‘就是不能原谅任性的蜻蜓’。”

魞泽挠了挠头。

“作为昆虫爱好者，我会用更好的方法来解决这个问题。不过我不想再刺激她，就没有提起和蜻蜓相关的事情了。为了向她介绍其他昆虫的习性，我提到了某种蜘蛛……二位警官，可以过来一下吗？”

魞泽向公园一角的芒草丛走去。唐津二人紧随其后。

“请看这里。”

“……这不都是些草吗？”

“注意到什么了吗？”

“注意到什么……草叶卷起来了。”

唐津联想起了粽叶。

“没错。这是小町蜘蛛中的一种，叫作桦黄小町蜘蛛，它们会为了筑巢卷起草叶。这是一种相当少见的毒蜘蛛……”

① 又名日本红螯蛛。

“有毒啊？”

魞泽平静地用手触摸着草叶。

“请放心，这个蜘蛛巢没有毒。”

他将卷起的叶子摊开，里面只有丝线团一样的块状物，没有蜘蛛的踪迹。

“是空的啊。”

“请仔细看看这团丝。”

听了这话，唐津仔细一看，发现块状物里似乎挂着小小黑牙一般的东西。

“这是什么……蜘蛛吃剩的虫子？”

“可以说是蜘蛛吃剩的，也可以说是被吃剩下的蜘蛛。”

“这话听起来还挺有哲理。”

“并不是这样。这其实是小蜘蛛吃剩的母蜘蛛残骸。”

“什么？”

桂木巡查的五官拧了起来。

“母蜘蛛会将自己的身体作为孩子的食物，并因此丧命。而小蜘蛛在食用完母亲的身体后，会从这个粽子状的巢中各自离去。”

“这实在是……”

这样的结局太凄惨了。

“在聊到这种蜘蛛时，她告诉了我她的名字。古文课上讲到了小野小町，从那以后她的昵称就变成了‘小真’。”[1]

“确实挺有意思的。但我还是不太理解她为什么会在意这种奇怪的毒蜘蛛，就因为和自己的昵称读法相同吗？”

觥泽闷闷不乐地说：“和她相同的，可不仅仅是蜘蛛的名字。”

“什么意思？”

“真知子遭遇了交通事故吧？”

原来他已经知道了。

“嗯，现在正在医院治疗。”

“她的母亲也被送进医院了吧？”

“你为什么连这也……”

说到这里时，唐津突然意识到了另一个相同的姓名。

平朱美。朱——红——红蜻蜓。

他的胸口升起了一丝凉意。

——最近，二〇一室的这对母女好像关系不太好。

难道真知子扔石头的对象并不只是蜻蜓？

——经常能听到两个人吵架的声音。

和蜻蜓重合的是母亲吗？

---

① 在日文中，真知子的读音为 machiko，而小町的读音为 komachi，因两者读音相似，同学们便用“小真”（komachi，音同“小町”）来称呼真知子。

——就是不能原谅任性的蜻蜓。

真知子不想原谅母亲？

真知子——小真——小町蜘蛛。

小蜘蛛杀死了母蜘蛛。

“可是这样很奇怪吧？”

唐津还沉浸在思考之中，桂木巡查的声音便响了起来。

“当时真知子的朋友正等着她，她应该非常着急才对。可是她却和初次见面的你悠闲地观察蜘蛛，实在是令人难以置信。”

“等着她……原来如此，我明白了。所以真知子才会那么着急。”

“什么意思？”

“她当时在频繁地查看时间。她看了好几次公园里的时钟，而且还远远眺望着小区那边……”

“这不奇怪吗？真的不是你强行把她拉到这里来的吗？”

“真知子想要回家但又没有回家。所以她只能在这个能看到小区的公园里等着。因为过于焦虑，她才会向蜻蜓扔石头吧……”

“你之前已经离开公园了，为什么又回来？”

“因为我听到了救护车的声音，感觉有些不太对劲。于是我在这附近打听发生了什么事，这才得知出事的好像是真知子，后来又知道真知子的母亲也被救护车送进了医院。”

“请正面回答我的问题。”

“等一下。觥泽先生，我还有一个问题。”

唐津打断了部下和觥泽生硬的对话。

“你说她想回家却没有回家……你有没有问过她原因？”

“没有。”

“所以这只是你的推测？”

“嗯。”

“你刚才说‘她只能在这个能看到小区的公园里等着’，这也是你的推测？”

“是的。”

“你觉得她在等什么呢？”

觥泽看向小区。唐津也顺着他的视线望去。

他注视的是四号楼阳台的方向。那里晾晒着各色衣物，还摆着绿植盆栽。

然而二〇一室的阳台上却什么都没有。房间里拉着窗帘，无法看到里面。窗帘……下午四点，平朱美就拉上了窗帘？

阳台下就是客用停车场。警方的车也停在那里。

这时，一辆轿车缓缓启动，司机按了声喇叭。四楼的窗户里，有个人正挥手回应。

“车……等等……”

“主任？”

唐津则看向吃了一惊的舩泽，两个人的视线正好对上。

真知子将自己和小町蜘蛛重合了起来。然而……

先开口的是舩泽。

“也许是我害真知子被车撞倒的。”他说道。

“我必须要确认这一点，所以又赶了回来。但是我还不清楚到底要怎么确认。”

唐津往小区走去。此时太阳已经落山，水管维修仍在继续。他从工地旁穿过，从南门进入了小区。电话里传来桂木巡查的声音，她正在公园里待命。

“主任，也该告诉我你到底要做什么了吧？”

“桂木巡查，从现在开始，你来扮演真知子。我现在去停车场发动车子。看到车子发动之后，你就往外跑，从南门进入小区，去往二〇一室。你要赶去和朋友见面，而且马上就要迟到了。认真一些……像初一学生那么认真。”

“像初一学生那么认真，我也……”

“其实我想让你进入房间，但我没有搜查令，所以你只要在门口等两分……不，三分钟吧，在那里等着就行。

三分钟后，你离开四号楼，从北门出去，然后跑到发生事故的十字路口。”

“请问……这到底是……”

“如果我提前告诉你，你就会有所保留了。不好意思，我只能说到这里。请你加油吧。”

巡查还想说些什么，但唐津直接挂断了电话。他走到桂木巡查看不到的四号楼里侧。炖菜的香味，烧鱼的香味。许许多多家庭的傍晚生活。一群不知从哪飞来的乌鸦发出尖锐的叫声，拍打着翅膀飞过他的头顶。唐津向停车场走去，坐上车，发动引擎，打开车灯，系好安全带，缓缓踩下油门。他看到桂木巡查跑了过来。

他开出北门，左转进入一条从右向左的单行道，往前开了几十米，然后再次左转，进入公园与小区之间的小路。这时他已经看不到桂木巡查了。

他在三岔路口左转，进入南侧马路。因为还在施工，这里有点堵车，没法马上拐弯。正是人流最密集的时候，路上都是刚结束社团活动的中学生，以及准备去上补习班的学生。而真知子回家时，正好赶上不参加社团活动的学生放学。听急救队员的描述，那时的道路状况应该和现在差不多。他打开双闪等待着。

在因施工而变得狭窄的道路上，大家互相礼让，缓缓前进着。而后，他停在前面十字路口的信号灯处。这个路口优先让元町东街的车辆通过，所以红灯时间比较久。他并不急着赶路，一直等到信号灯变绿后才左转，向北开去，时速是五十公里，他刻意调整过了。

不久就到了事故发生的地点。他一时间有些犹豫，不知道是该踩油门还是刹车。

(看来没我想的容易啊——)

正当他打算踩下油门时，桂木巡查从左侧跑来。她看向唐津，震惊不已。

他下意识踩了刹车，但又从后视镜看到后面的车子正离他越来越近。他只能缓缓将车速降下来，又打开双闪，把车停到前面数十米处的路边，后视镜中映出了气喘吁吁追来的桂木巡查。他摇下副驾驶一侧的窗户。

“很准时。确切地说，有点太准时了。”唐津说道，“我请交通科的人帮忙查了一下。”

“什……什么……帮忙……查什么？”

“问问那个被逮捕的司机，发生交通事故之前，他是不是就在元町小区四号楼里。”

桂木巡查似乎想要说些什么，却因为喘不上气，一句话都说不出来。

＊

“你的意思是，真知子回家之前，二〇一室里还有一个男人。是这样吗？”

桂木巡查喝光了一瓶运动饮料，终于调整好了呼吸。

“平朱美是单身，谈恋爱也不稀奇。”

然而，她十三岁的女儿能不能接受这件事就要另当别论了。大多数这个年龄的孩子都希望父母只属于自己。自己并不了解母亲的另一面，这让真知子生出了被母亲抛弃的感觉。因此，她才不由自主地跟抛弃自己幼卵的蜻蜓赌气，感伤不已。

“真知子对母亲的交往对象知道多少？”

工作日白天，男人利用在外跑业务的间隙和母亲偷偷约会，遮遮掩掩的。他丢下失去意识的朱美，连急救电话都不打就逃走了，估计是不想让这段恋情曝光，很可能是段地下情。这样的话，女儿不太可能见过这个男人。

然而，真知子却知道这个男人的存在。也许是察觉到了母亲细微的变化，也许她通过居民楼楼梯的窗户看到过这个男人从自己家中出来，也许她一直盯着男人开车离开。就像今天这样，因为社团活动临时取消，她比平时回家更早……

她看到停车场的车子，就知道那个男人来了。家里拉着窗帘，现在还不能回家。于是真知子决定在外面等着，一直等到男人的车从小区开走才回家。

“回家后，她发现了倒在地上的母亲，认为是那个男人干的，想去追他的车，所以跑出了房间。主任刚才是想要我再现真知子的一系列行为。”

就在她呼唤昏迷不醒的母亲时，三泽加奈子进来了。

——没关系，交给阿姨处理吧。

——振作点！

真知子听到她的话，意识到有些事只有她才能做到。她跑了出去，穿过北门，奔向元町东街。

正常来说，她应该赶不上那辆车。

但是因为水管维修，男人必须要绕远路，他也不能从北边直接开往元町东街。不管再怎么着急，在人来车往的路上逆行也很危险。因此，他只能沿小路绕到南边的车道上，但是那里堵车了。

所以真知子赶上了那辆车。

握葱的女人误解了自己看到的场面。真知子并不是吓得动弹不得，而是主动站在车前。

——也许是我害真知子被车撞倒的。

鲉泽告诉了她小町蜘蛛的习性，真知子从中看到了自己。与她重合的，并不是夺走母亲生命的小蜘蛛，而是为小蜘蛛献出生命的母蜘蛛。

她想要效仿这种行为，希望母亲的眼中只有自己，这是一个十三岁女孩的悲伤愿望。在真知子心里，母女的身份如同胶卷底片一般翻转了过来，哪怕牺牲自己，也要抓住伤害母亲的凶手……

的确，这样解释得通。

唐津不是为了安慰魞泽才这么推测的。真知子就算不知道小町蜘蛛的事，也还是会这么做。

人不求称赞时才能显出本真。

这个少女的性子非常耿直，她一心只想阻止男人逃走。一定是这样。

这个陌生的少女心中，隐藏着多么激烈的情感啊。

电话响了。

是刑事科长打来的，他说那名被逮捕的司机已经交代了二〇一室发生的事情。只不过他说自己是因为工作才去拜访平朱美，否认和平朱美有私交，也否认他与她的受伤有关。

挂断电话后，桂木巡查又接到了电话。

“你好，我是桂木……嗯，他刚才在和科长通话，所以没能接听……好的，嗯……这样啊。请您稍等一下可以吗？”

桂木没有挂断电话，对唐津说道：“主任，医院给局里打了电话，说伤者恢复了意识。”

“母亲还是女儿？”

“朱美女士和真知子两个人都恢复了意识。”

唐津松了口气，同时皱起了眉。

“那你一开始就说清楚啊。说过多少次了，报告要迅速且准确。”

“不好意思。”

桂木似乎轻笑了一下，才重新把电话放回耳边。也许是错觉吧。

远方的圣甲虫

“魞泽先生！”

听见有人叫自己，魞泽茫然地四下张望着，大声回答“在”。也许是因为车站的圆形屋顶结构，他的回答荡出了奇怪的回音。说起来，他们俩第一次见面时好像也是这样。背包随着他的动作从肩上滑落下来，弄得他有些狼狈。

“你往哪里看呢！这边，这边啦。”

“啊，丸江。”

魞泽把包背好的尝试一再失败，干脆抱着包从检票口走了出来。他一边轻轻挥着右手，一边朝濑能丸江跑去。丸江则大张着胳膊迎接他。

“可以来个拥抱吧？”

魞泽也张开胳膊，背包落在了两个人脚下。

“哎呀，你这家伙还跟以前一样愣头愣脑的！”

“丸江也和以前一样开朗啊……不对，你看起来有点累。”

“最近有点睡眠不足。倒是你，怎么也一副睁不开眼的样子？”

“我是睡过头啦。电车刚好慢了五分钟，不然我就要坐过站了。”

“你吃午饭了吗？”

“在车上吃了。”

“今天怎么没带捕虫用的工具包？”

“这段时间要跟丸江好好聊天，所以暂时把兴趣封印起来了。”

“哎呀，说的好像我才是客人一样。行了，别耍嘴皮子了，赶紧收拾东西走吧。车就停在那里。”

“啊，灰鼠色那辆。”

“是银色的啦。”

丸江开着爱车，向旅馆进发。

“一坐上副驾驶，那时候的回忆就纷纷涌来了。”

“我可不愿意再细想那些事了。”

两年前，也就是2016年初夏，两个人刚刚相遇，就卷入了一起突发事件，上演了一出追踪犯人的好戏。

“不过听说丸江开始经营旅馆了，真是让人吃惊。”

丸江要求魞泽管自己叫“丸江”。被比自己小二十岁的男人这样称呼，感觉还挺不错的。

“怎么，你觉得我不适合做这一行？”

“你是服务精神过于旺盛，根本赚不到钱吧。”

“你还真是敏锐。老公的保险金都要见底了啊。”

“……还是让我付一些钱吧，至少请让我出交通费……”

阿玛克那依山位于奥羽山脉北部，海拔一千五百米。其西侧的山脚下，是一片名为科奈特的湿地草原，因其四季分明的自然风光以及在沼泽地发现的东北阿伊努文化[①]遗迹而备受瞩目，近年来这里也成了旅游胜地。

去年丈夫七周年忌日后，丸江卖掉了太过空旷的大房子，从邻镇搬到了久根户村，就住在湿地旁。她以前就从事过景区保护工作，也做过免费向导，索性将自家和旁边的几栋房子一起包下，开起了旅馆。

繁忙的八月刚结束，九月中旬的三连休后，又将迎来旺季。丸江邀请魞泽在淡季这几天过来玩。

“开玩笑啦，开玩笑。没钱的其实是你吧？为了采集昆虫到处旅行。”

“哈哈哈。”

① 阿伊努人是日本北部区域的原住民。“阿伊努”在阿伊努语中是“人”的意思，该民族相信万物有灵，崇拜自然。

这个男人的缺点就是喜欢用这种方式搪塞别人。

“现在科奈特湿地也算是打响名气了。”鲋泽干脆地转换了话题。

“游客变多固然是好事，但是相应地，也要增设指示牌。一定会有不守规矩的游客，这也没办法。就比如像你这样的人，只顾着抓虫子，都不知道自己踏入了危险区。”

“我会注意的。”

“我才不信呢。”

为了将自然留给下一代，最理想的做法是减少人为干预。干预一旦开始，就不得不一直持续下去。就像是驯养的动物被放归自然后便会难以生存，被精心修整过的庭院也已经无法再变回森林了。

然而，维持景观需要资金。想要弄到资金，就要吸引大量游客前来消费。然而游客增多，又会破坏自然景观，而修复环境又会需要更多资金。丸江既从事景观保护，又经营着旅馆，她也左右为难。

车子缓缓开上了山坡。虽说是山脚下，但科奈特湿地海拔四百米，从车窗吹进来的风逐渐带上了一股寒冷的湿气。

“冬天也会有游客来吗？”

鲋泽继续聊着旅馆的经营状况。

“这里的雪质很好，所以有不少海外游客前来滑雪。对了，今天除了鮲泽先生，还有一个预约入住的客人……”

“是外国人吗？”

“好像是中东人。”

对方的名字是伽索鲁·乌古迪。

“他在日本读了五年大学，已经拿到学位，马上就要回国了。这是最后的纪念旅行，他会在我们这里住两天。”

“他是学什么的啊？”

“考古专业，所以对科奈特湿地很感兴趣。最近这里不是发现了阿伊努文化的遗迹嘛，前段时间可是炒得挺热的。”

“不愧是丸江啊。开旅馆就是要‘抓住时机’。”

“国外的客人有时挺麻烦的。他们经常在退房离开之后，还给我们打投诉电话，发邮件。比如手表坏了，宝石磕碰了之类的……好像东西坏了都是因为住在我们这里……真搞不懂我们是怎么弄坏他们的手表的。”

“再怎么说，这些也是重要的客人。”

“是啊，那是自然。”

“要是真的没赚到钱，你也不会请我来玩吧。”

“说什么呢。只招待你这一次哦。”

鮲泽又开始“啊哈哈”地敷衍起来。

从车站开车到旅馆用了十五分钟。下车之后，佐伯出来迎接二人。他是八月暑假过来兼职打工的学生，今天丸江临时把他叫过来帮忙。单留丸江一人招待两名客人的话，她虽说应付得来，但也没有时间陪鱽泽了。佐伯家就在邻市，开车过来只需要三十分钟。虽然现在正是大学的考试周，他还是爽快地答应了。

“欢迎，恭候多时了。”

丸江已经提前向佐伯交代过，鱽泽是“重要的客人”。他上下打量着鱽泽。之前丸江的描述似乎与眼前这名男子对不上号。

鱽泽似乎没注意到他的视线，抬头打量着这座二层旅馆，说道：“真不错啊。我还以为装修会更时髦呢。”

“你是指那种柔和的淡色系吗？”

“嗯，薄荷绿那种感觉。”

“都什么年代了啊。这旅馆是用修整公园时采伐的木材建造的。”

外墙涂成红色，上面嵌着白色的门窗。只有平缓的木制露台还保留着木材的原色。

鱽泽凑近门上的牌子，说道：“哈哈，旅馆叫‘昆奈特’啊……我记得这个词在阿伊努语中有‘黑色沼泽’

的意思。”

“哎呀，你记得真清楚。”

“……黑沼庄。”

“不要翻译得这么阴森啦。”

“好啦，请先进去休息一下吧。”

佐伯苦笑着从觥泽手中接过他的行李，打开门，带他走进面积不大但整洁舒适的旅馆前厅。觥泽只接受了这点服务，就已经浑身不自在起来。

“啊，佐伯先生，不用登记门卡了，直接把行李拿去房间吧。”

旅馆有三间客房，都在二楼。

“觥泽先生精神不错啊，看来在车上睡饱了。要不要活动一下？”

“那就听你安排了。”

“对了，佐伯，乌古迪先生还没到吗？”丸江冲着楼上喊道。

“不，他已经办理入住了。老板您出发不到五分钟，他的车就到了。我已经跟他确认过晚饭了。”

“他怎么说？”

“和预约邮件里写的一样，没有不吃的东西。”

“这样啊。那我就放心去做高原猪料理了。”

随后，丸江将准备食材的任务交给佐伯，便带着舯泽出发了。他们的目的地是离旅馆稍远一些的溪流。

“皮划艇漂流很有意思的。”

“漂流……会不会很吓人啊？”

“那可是相当吓人。”

舯泽板起了脸。丸江却笑了起来。

“但是也很有趣哦。只要有客人来我们这里住宿，我都会推荐他们去尝试一下。”

“然后你就躲在暗处一边看，一边嘻嘻偷笑吗？”

“别把我说得跟妖怪一样嘛。”

两人一边聊着天，一边透过挡风玻璃看着阴暗的天空。

“不巧，今天是阴天，不过我们反正也会在漂流时淋湿的，下雨也无所谓。”

最近这段时间，天气一直阴晴不定。天空的颜色又勾起了他两年前的回忆。

“那天也是阴天。”

“不过最后倒是看到了月亮。”

车子驶进林荫道。

“实际上也没有花……”

那么久的时间——就在他正准备说这句话的时候，只听“啪”的一声巨响，明明没在石子路上行驶，车子却开始上下摇晃。鲉泽惊叫起来。

“啊……糟了。”

丸江停车查看，果然，车子的左前胎爆了。她打开后备箱，取出备用轮胎和千斤顶，又看看从没打开过的工具箱。她把目光投向鲉泽。

“我也……没修过轮胎啊。”

鲉泽没有驾照。丸江也只会去店里更换轮胎。然而现在如果不自己动手，车子就没法启动。这附近也没有加油站。

鲉泽卸下坏掉的轮胎，照着网上的说法把千斤顶放到了正确位置，两个人还真把车抬了起来，鲉泽笨手笨脚地用扳手抵住了螺丝。

“哎呀，这不是很简单嘛。”

两人转动着扳手，螺丝发出了清脆的“咔嚓”声。然而，不管他们怎么拧，螺丝还是纹丝不动。

“是不是拧空了啊？”

两人无奈地叹了口气。就在这时，他们身后开来了一辆红色的车。司机从他们右边开过去时朝这边张望了一下，而后缓缓减速，在丸江他们面前停下了。

“怎么回事？”

男人从车窗中探出头来，用夹带口音的日语问道。他容貌端正，鼻梁很高，有着漂亮的棕色皮肤。

“啊，车子抛锚了。”

还没等两人回答，青年就从车上下来了。他慢慢走近，身上带着一股令人怀念的气味。那气味与丸江的父亲相似。她的父亲从事铸造工作，皮肤每天都被铁水炙烤着，身上总有一股独特的味道。母亲告诉丸江，那是“太阳的味道”。

“能把这个给我用下吗？啊，你们拧反方向了，松螺丝应该往这边拧。”

他重新将扳手对到螺丝上，一边解释，一边用脚踩了几下扳手。螺丝松动了。随后没再碰上什么困难，备用轮胎很快换好了。

“谢谢您。真是帮了大忙。”

“没什么。有困难就该互相帮助嘛。”

“哎呀，真不知道该怎么感谢您。”

“没关系的。我在日本一直很受照顾，这点举手之劳就当是报恩了。对了，备胎不能用太久，还请尽快换上新轮胎。”

青年说着，坐回了自己的车子。他将手伸出窗子挥了挥，就开走了。

他们到达漂流出发地旁的河边小屋，看到那里停着两辆挂着外地车牌的车。屋内有柜台、自动贩卖机，以及几把椅子，还带一个洗手间。这里应该是等待出发的休息区。

柜台后现出一张熟悉的面孔，是柿本。

“不好意思！我迟到了。没耽误事吧？”

柿本和佐伯都是来打夏季工的大学生。不过他住在县南，走高速也要两个小时才能到。以前他曾经来这里旅行，体验过漂流之后，一下子就被这里深深吸引住了。他言语间对科奈特的喜爱之情比当地的村民更甚。他白天在这里工作，晚上住在一家旅馆里，帮老板打理事务。在为数不多的休息日，他还会参加景区保护活动，去湿地捡拾垃圾，丸江就是在那时认识了他，两人慢慢熟络起来。

“算是勉强赶上了。今天是漂流季的最后一天。”

“咦，这是最后一天吗？”

“顺带一提，今天也是我在这里打工的最后一天了。”

“是吗？辛苦了。明天就要回去了吗？”

“还要准备上半学期的考试嘛。对了，这位是您的男朋友吗？”

被当成丸江男友的鮲泽“啊”了一声。他自己经常开玩笑，但他完全应付不来别人的玩笑。还没等鮲泽回答，柿本就讲解起了注意事项。

“请各位将贵重物品以及不想被弄湿的个人物品放在这里。漂流时可能会翻船，这可不是开玩笑的。同意书中也提到了，手机被水淹了也不会获得任何赔偿。”

丸江将钱包和手机放到柿本递来的托盘上。

“其他游客都已经过去了。”

两个人急忙穿上救生衣，戴上头盔，赶往上船地点。四名同行者已经排成两列坐上了漂流船。丸江身后坐着一位女向导。

“在船上失去平衡可能会导致翻船，所以请各位沉腰坐好，不要站起，也不要探出身来。等我说‘请划桨’后，再将船桨放入水中。”

接下来是划桨练习。鲂泽用力握住桨柄，手背都露出了青筋。

“好了，出发！”

向导说着，将船桨抵在河岸处，发出“咚”的一声。

“哎呀……真厉害啊。”

丸江叫喊了三十分钟，嗓子都哑了。

“穿过那段岩石区时，我想着要是在这里翻船肯定会受重伤，拼了命地划桨！中间遇到涡流的地方也是。好不容易才划出来啊……喂，你在听吗？”

“……唔。”

从终点返程的面包车里，丸江还兴奋地喋喋不休，而觥泽的眼神都木了，反应非常迟钝。不知为何，只有他的衣服湿透了。

到达小屋后，那种上下颠簸的感觉仍未消退，仿佛还漂在水面上。丸江在自动贩卖机买了一罐咖啡，跌坐在椅子上。觥泽赶紧跑到卫生间。出来以后，他走到柜台前，柿本将盛放贵重物品的托盘递了过来。下一批预约的游客已经到了好几个，柿本还得同时接待他们。丸江不想在忙碌时打扰对方，但还是问道："柿本，你今天下午就回去吗？"

"不，我会在旅馆待到今天晚上。我想明早来这里玩一次再回去。在这里打工了这么久，自己却没好好玩过一次漂流。"

这时，一位正在签署乘船同意书的游客看到了丸江，惊讶地叫了出来。

"啊。"

"啊。"

丸江和觥泽也接连发出惊呼。这个人正是刚才帮他们换轮胎的青年。

"哎呀，还真是巧了。"丸江不由得拍了拍青年的肩膀。

"轮胎后来怎么样？没掉下来吧？"

“没有。”

“那就太好了。”

青年微笑着，他的笑容充满魅力。丸江这么想着，扭头去看鲉泽，发现他并没有注意青年的表情，而是盯着青年面前的托盘，而后饶有兴致地开口道：“这是圣甲虫吧？”

青年显得有些惊讶：“没错。您对这方面很了解啊。”说着，他拿起了托盘中的银色饰品。

“圣甲虫是什么？”丸江凑到鲉泽耳边问道。

“就是蜣螂啊。”

“蜣螂……”

“嗯。这种昆虫会将动物的粪便滚成一个球状物，再用来筑巢。”

从外表上来看，这个饰品有些像一只巴掌大的金龟子。它用后脚夹着一块圆圆的粪便，粪便几乎与虫子一样大。饰品上穿着链子，大概是个挂坠。

“为什么要用这种虫子当饰品啊？”

“听说在古代，中东地区的人将这种昆虫奉为圣虫……”

鲉泽提到中东二字之后，丸江将视线投向了青年签署的同意书上，看到那上面用假名写着“伽索鲁·乌古迪”。

“哦！您就是乌古迪先生？”

“是的，我是……”

“我是昆奈特旅馆的濑能。今天您住在我们旅馆……”

“啊，您是旅馆老板啊！那这两天就麻烦你了。您好，叫我伽索鲁就好。”

“放心吧。伽索鲁，这位是魞泽，也是旅馆的客人。”

魞泽连忙低下头说：“刚才真是帮了大忙，多谢。”伽索鲁微笑道：“不用在意。”

“这其实是我的宝物。”伽索鲁将挂坠戴好。虫子在他的胸口倒了过来，像是在举起粪球。

“可是，为什么会将蜣螂奉为圣虫呢？”

“我的母国过去将太阳奉为至高之神。而蜣螂将粪便滚成圆球，就像是在推动着太阳运转一般，因此才被奉为神圣之物。”

“将球形的粪便当作太阳？还真是有趣。”

“确实有趣……”魞泽高兴地插嘴道，“事实上，最近的确有研究表明，蜣螂的行动与天体之间关系很密切。”

“什么意思？”

“蜣螂能从找到粪便的地方直线返回自己的巢穴，指引着它的到底是什么？多年来，研究者们一直找不到答案。近些年有观点认为，蜣螂白天用太阳，晚上用月亮和星星的位置为基准，来确定自己前进的方向。天体发出的光是它们体内特殊的指南针，指引着方向。”

一说到和昆虫有关的话题，鮍泽就恢复了活力。此时，参加下一轮漂流的游客已经陆续到来，三个人决定到外面聊天。这时丸江最后一次冲柿本搭话道：“你明年还会来吗？”

“嗯，我一定会回来的。对了，佐伯先生今天去旅馆了吧？请代我向他问好。”

他和佐伯同龄，关系比较亲近，有时也会一起出去玩。

“知道了。路上小心啊。”

几个人走出小屋，伽索鲁和鮍泽还在继续讨论蜣螂。

“不过我也是最近才知道。也许以后这种观点会被推翻……”

“不，我觉得你说得对。我的祖先直觉上认为蜣螂与天体有关，所以才会将其奉为运转太阳的神。顺带一提，这个挂坠之中的力量不输给真正的圣甲虫。”

青年说着，用修长美丽的手指抚摸着胸前的蜣螂挂坠。

“唔。对于伽索鲁先生来说，它就像守护神一样。”

“守护神……嗯，就是这么回事。这是大学的朋友在我回国前送的临别礼物。从整体设计到内部功能，都是特别定制，独一无二。它总能指示正确的方向，比智能手机更可靠。”他半开玩笑地说道。

“真的吗？那还真是有神力保佑呢。”

“所以我才一直把它当成宝物。哪怕回到了故乡，我也会以此为傲。”

听到“故乡”二字，丸江突然想起了什么。

“说起来，还想问下用餐的事。伽索鲁先生，您之前说没有什么忌口，难道您不是穆斯林？”

在丸江的印象中，中东的大多数国家都信仰伊斯兰教，而伊斯兰教徒穆斯林对饮食要求很严格。

“对，我并不是伊斯兰教徒。我的故乡在尼罗河上游，比阿斯旺大坝更靠南。那里的村民反感尼罗河的现代水利工程……完全支配大自然的傲慢政治情绪催生了崇拜古代太阳神的独特思想。经过数十年的发展，这种信仰已经完全取代了当地的伊斯兰教。”

伽索鲁稍微停顿了一下，给另外两人留出理解这些信息的时间，然后继续说道：“虽然家乡受伊斯兰教影响很深，但是人们会吃猪肉，也没有斋戒的义务，更摒弃了充满了暴力色彩的‘圣战思想’。对于我们来说，最大的罪恶是伤害他人，不管是什么原因。次要的恶则是伤害自己。另外我们祈祷的次数也比伊斯兰教徒要少。虽然我们也要每天祈祷，但是没必要一天做五次。我们只会在日落后向东方祈祷一次。”

“日落之后，难道不应该是向西祈祷吗？而且那时才向太阳神祈祷，也有点难以理解。”

“我们向日出的方向祈祷，希望明天太阳也会照常升起。”

“唔。”

有必要特意为这种事情祈祷吗……？伽索鲁可能察觉到了他们的疑惑，又解释道：“的确，哪怕不祈祷，明天也依然会到来。可是，明天会到来，与我的明天会到来，并不是一回事。”

第二天早上，伽索鲁·乌古迪从旅馆房间中消失了。当丸江得知有人在湿地的丘陵地带发现了他的遗体时，她想起了他的话，以及那时他认真的眼神。

✻

早上八点吃早饭时，伽索鲁没出现。丸江注意到他的红色车子不在停车场。

“难道伽索鲁已经出门了？”

“哎呀，你也不知道？”佐伯站在炉灶边，一边小心地煎着三明治，一边说道。

“佐伯知道吗？”

“我早上六点来的时候，他的车子已经不在了。”

“咦？”

“不好意思，我还以为老板知道这事呢。”

“说起来，五点半的时候，我听到过车子开出去的声音。”舢泽将枫糖浆倒进酸奶中，一脸神秘地插话道。睡了一觉以后，他的头发翘成了两撮，活像锹甲虫突出的上颚。“过了三十分钟，我又听到了车声，还以为他回来了，后来才知道这是佐伯来上班了。”

“舢泽先生，您起得可真早啊。怎么看起来这么困？”

“我不习惯新枕头，睡得很浅。太阳一出来我就醒了。”锹甲虫先生舔着枫糖浆说道。

“是不是神经敏感，睡不好？”

“不，是我忘记拉上窗帘了。阳光直射进来，照在了我脸上。”

三间客房的窗户都朝东。今天天气一改阴沉的样子，终于出现了太阳。

“他该不会是想逃掉住宿费吧？”

“佐伯，你说什么呢。订房时就事先结清房钱了，怎么会逃掉……”

丸江嘴上责备着佐伯，但心里也有些不安，很想去伽索鲁的房间看看。

“不管是怎么回事，如果他再不回来，早饭就要凉了。”

丸江给伽索鲁打了电话，铃响三遍之后，电话接通了，有人“喂”了一声。

接电话了……她用口型对佐伯示意道。

“伽索鲁，你在哪里？该吃早餐了。”

“不好意思，请问您是哪位？”

“咦？”

不是伽索鲁的声音。

“请问……您又是哪位呢？”

“我是远井警察局的八幡。我们在科奈特湿地发现了一具男性遗体，这部手机是他的个人物品。”

“咦？”

“死者应该是一名叫伽索鲁·乌古迪的留学生，他钱包里的学生证上贴着照片。刚才你也叫他伽索鲁了吧？请问您和他是什么关系？”

丸江反复抚摸着胸口。冷静，冷静，一定是搞错了。

“……我是在湿地旁开旅馆的。伽索鲁昨天入住，要在这里住两天。”

“啊，是昆奈特旅馆吗？”

“你怎么知道！”

“来电显示是这么写的。”

原来如此。伽索鲁在手机通讯录里记下了旅馆的电话号码。冷静，冷静。

“请问……他到底出了什么事……”

“目前来看，谋杀，意外，自杀都有可能。”

“自杀？”

“他是跳下来……不，从悬崖摔下来的。我们在悬崖边的车里发现了这个手机和他的钱包。除此之外，个人物品就只有一个昆虫形状的挂坠了。”

听到自杀这个令人不安的词后，佐伯和魞泽也靠了过来。

“我们要去您那边调查，还请您尽力配合。”

丸江将旅馆的地址告知了刑警。

“在我们到达之前，请先别收拾乌古迪先生的房间。”

“嗯，我们还没去过他的房间……”

“那就待会儿见了。”

不一会儿，两名刑警就到达了旅馆。其中一位是刚才在电话里与丸江通过话的八幡，五十岁左右，看上去非常老练。另一位则更年轻一些，年纪和佐伯差不多。互相介绍后，丸江请他们到前厅坐，但刑警们拒绝了，只是站着与他们交谈。

说话的主要是八幡刑警。

“您能先看看照片吗？”刑警说着，取出了一张拍立得照片。他并没有马上将照片递过来，而是先解释道，“这是对遗体脸部拍摄的照片。虽然死者是从高处落下，不过照片上并没有明显外伤。”

“感谢您的关心。没关系的。”

丸江紧张地接过了照片。上面的确是伽索鲁。

“没错，就是他。”

随后，在刑警的提问下，丸江讲述了早上她给伽索鲁打电话的经过。

“我知道了。接下来，请让我看一下死者的房间。”

“那就请佐伯带你们过去……”

佐伯听丸江叫到自己，一脸歉意地说：“其实，我马上要去面试了……”

“咦，是吗？”

“真是不好意思。这也是临时通知。我要去面试一家本地公司，刚才收到公司人事发来的邮件，让我今天就去面试。我可以……早点回去吗？”最后这句话是对刑警说的。

“没问题。不过，请您留下姓名和联络方式。我们会根据情况再和您联系。”

“要找我问话吗……？”

“看情况。”

“……好吧。”

年轻的刑警看过了佐伯的驾驶证，并且将他的手机号码记在了本子上。丸江和佐伯握了握手。

“谢谢你。要加油啊。”

“嗯。真是不好意思，要在这种时候回去。”

“那就麻烦您带我们去客房吧。”八幡说道。

“好的，这边请。”丸江走了几步，回头看向魞泽，“魞泽先生也一起过来吧？”

“那就恭敬不如从命了。”

几个人从前厅侧边的楼梯走上二楼。走廊左手边，也就是东侧，是三间并排的客房。最前面是魞泽的房间，最里面则是伽索鲁的房间。走廊的另一侧则是浴室和休息室。天好的话，还可以从休息室的西向窗户看到被夕阳染红的湿地。

客房门正对窗户。朝阳透过白色的窗帘直射进来，有些刺眼。

房间中充满了温暖的香气。那是太阳的味道，也是伽索鲁的味道。床靠在窗边的墙上。枕头边的插座上连着手机的充电线，椅子上放着背包。桌子上则摆着他从旅馆休息室拿过来的茶杯以及一盒薄荷糖，旁边还有一枚小小的圆镜。

床铺上乱糟糟的，可以想象出来，伽索鲁一醒过来，就慌慌张张离开了房间。

“看起来没有留下字条什么的。”年轻刑警嘀咕道。

这时丸江想起，佐伯说曾经听到过车子开出去的声音，还挺响的。这样一来，鲂泽说五点半有车子开出去，应该也是可信的。

“这是什么？”

八幡走到房间的一角蹲下，指着地上一块红色的垫子问道。年轻刑警将垫子摊在地上。它的材质和常见的瑜伽垫差不多。

“这是旅馆的东西吗？”

“应该是伽索鲁的个人物品吧。他有每日祈祷的习惯。”

“哦，他是伊斯兰教徒啊。”

“不，他的宗教崇拜太阳神。”

“对了，乌古迪先生之前有没有什么不对劲的地方，比如有什么烦恼之类的？”

“我没有感觉到。鲋泽先生觉得呢？”

“我也没有这种印象。”

“请问……伽索鲁先生被发现的时候是什么样？”

“不好意思。之前没顾得上解释。”八幡这才说道，“科奈特湿地上有一片丘陵。他应该是从那里的悬崖掉下来的。不巧，悬崖下面正好是一片岩石。”

早上去丘陵那边散步的游客看到停在悬崖边的车子，觉得不太对劲，便向崖底张望，发现了伽索鲁的尸体。

“警方在七点二十分左右接到了报警电话。车上的副驾驶席上放着死者的手机和钱包。”

“您在电话里提到，现场还发现了他的挂坠。”

“挂坠并不在车里，他随身带着呢。”

“咦？”

“怎么了？”

“不，我是说……如果戴在脖子上的话，挂坠应该不会毫无损坏吧。伽索鲁非常宝贝那个挂坠。”

“挂坠是完好无损的。”

“真的吗？”

“乌古迪先生死去时，双手紧握着那个挂坠。尸体受的伤主要集中在他的背上，我们推测，他应该是背部朝地，仰面摔落的。”

“原来是这样啊。”

伽索鲁摔落悬崖时仍然护着那个挂坠……他是自愿跳下悬崖的吗？

丸江想到这里，突然回忆起了昨天晚上的对话。

“对了……我想起一件和那片丘陵有关的事情。”

“什么事？”

“昨天晚饭后，我在休息室和伽索鲁聊天，说到了那里。”

“哦？您能详细说说吗？”

“好的，其实是这样的……”

吃完晚饭后，佐伯说他一个人就能搞定打扫收拾的工作，于是丸江和觥泽来到二楼休息室打发时间。

两个人也邀请伽索鲁同来，他说要先祈祷，先回房间了。他原本打算在晚饭前祈祷，但当时还没有日落。因为是阴天，看不到太阳，所以也无法正确地判断时间。虽然教徒理应遵守戒律，但他守律到这个地步，还是令丸江心生敬佩。

休息室一角的桌子上摆着咖啡和红茶。丸江和觥泽各自倒了咖啡，丸江又往咖啡里加了自己带来的白兰地，而觥泽则加了大量蜂蜜，两个人坐到外侧窗边的木制长椅上闲聊。

“鲋泽，谢谢你能来。”

“该道谢的应该是我。我这种呆头呆脑的人也没什么朋友，邀请我出来玩的也只有丸江了。”

“也许别人把你当朋友，你却没有和人深交。”

“我像关心昆虫一样关心人类啊。”

“并不仅仅只是观察，还得向对方表露心迹。”

“丸江还真是严格。”

“哪里严格了？”

就在这时，伽索鲁出现了。他往红茶里放了一块方糖，坐在离两个人稍远一点的沙发上。

“您祈祷完了吗？”

“是的。”

三个人聊起丸江和鲋泽碰面时提到的话题，话头转到了伽索鲁的专业以及科奈特湿地的发展方向。

伽索鲁喝了一大口茶水，然后说道：“我还没想好明天要去哪里呢。”丸江建议他去湿地中的丘陵看看。

“墙上就贴着那里的照片。”

那是之前一位游客在那里摄影后送给丸江的。照片上是黄昏时从山上俯瞰湿地的景色。大大小小的河流被染成红色，让人联想到了血管。

“这可真是太棒了。”伽索鲁站起身，走过去看照片，“我之前听魞泽说起过，这家旅馆的名字有‘黑沼泽之馆’的意思。”

这比“黑沼庄”听起来更不吉利了。

“我母国的名字也来自意为‘黑色土地’的古语。那是一片受到尼罗河祝福的肥沃之壤。也正是因为科奈特湿地受到了水的恩惠，人类才能够长久地生活于此。”

伽索鲁轻触着自己的甲虫挂坠，再次看向墙上的照片。

“明明这里与我的故乡并无相似之处，却让我想到了故乡，真是不可思议啊。”

“将这种内陆湿地与闻名天下的尼罗河相提并论，我们本地人也会觉得很不好意思。”丸江耸耸肩，说道。

“……濑能女士是想说，乌古迪先生因为想到了故乡，才选择在山上结束自己的生命？”

丸江和魞泽带两位刑警来到休息室，看着墙上的照片。照片中拍摄的是窗外的湿地景色，而发现伽索鲁遗体的丘陵地带位于桤树林对侧，这里看不到。

“不是这个意思。还没有确定他是自杀……”

“老实说，从目前的情况来看，他自杀的可能性很高。魞泽先生在早上五点半时听到了车子的声音，那时太阳还没升起。如果他信仰太阳，那也许会有拥抱朝阳死去的想法。”

“可是，他曾经对我们说过，在他的宗教信仰中，伤害自己是一种罪过。就连错过祈祷日课也排在这个禁忌之后。所以，他每天都祈祷，应该不会如此轻易就打破更加重要的戒律。”

刑警们似乎并不相信丸江的说法。虽然她的说法也欠缺说服力，但是刑警们的推测也不过是半斤八两。

八幡刑警依然在考虑自杀以外的可能性，继续问道：“乌古迪先生是不是要在这里和某人见面？”

“不知道啊。”

“那你们有没有听说他卷入了什么纠纷？”

“在这个村里？完全没听说过……他昨天才刚到，应该不会吧。”

“您再想想，哪怕是很小的事情也可以。”

“很小的事情……”说到这里，丸江顿住了。

“您想到什么了吗？”

在刑警的询问下，丸江再次开始回忆……

——我明天想去这座山。

伽索鲁这样说着，用手机对着休息室墙上的照片拍照。丸江开始喝第三杯咖啡，里面加的白兰地越来越多。

“话说回来，伽索鲁这个名字有什么特别意义吗？”丸江突然问道。

伽索鲁回答：“您知道古代神话中的‘珀伽索斯’[①]吗？”

“珀伽索斯？是飞马座吗？”

“啊，是的。就是那个星座的由来。”

“那是四十八星座的其中之一，在日本被称为珀伽索斯座。”触泽详细地解释着。

“真有趣啊。没想到你的名字居然和天体有关。”

“不过濑能女士的名字……”

“咦？我的名字？”

“您叫丸江对吧。”

“天体和意指球形的‘丸’也有关？”

“和蜣螂的粪便也联系起来了。”

丸江瞪了多嘴的触泽一眼。

“如果明天放晴，一定能看到珀伽索斯的。”伽索鲁这样说着，走到窗边。

“如果天气放晴，我想坐在这里一边喝着咖啡醒神，

---

①珀伽索斯（Pegasus），希腊神话中的马神，双翼洁白，诞生于美杜莎的血中，传说其踩踏之处会涌出象征好运、希望、灵感的泉水。

一边眺望朝阳。”他看着外面的夜景说。

丸江和鲂泽也看向窗外。现在，外面一片漆黑，只能看到窗子上自己的身影。三个人的视线在玻璃窗上交汇。

“……那我先去洗澡了。”伽索鲁先行告辞。

“我们浴室的更衣间没有门锁，如果要洗澡，请把门上挂的牌翻过来。”

“没关系，这里只有我和鲂泽两个住客嘛……对了，鲂泽先生的名字是？”

“泉，泉水的泉。上面一个白，下面一个水。”

“我知道了。意思是水的恩惠。这名字很棒。”

“哎呀，平时可没人这么夸过我。”鲂泽的脸红了。

“您的这个挂坠可以沾水吗？”

“平时是不离身的……不过洗澡时例外。我会把它放在更衣间的篮子里，它会帮我看着鲂泽先生有没有偷偷闯进来。”伽索鲁说着，眨了眨眼睛，然后说，“哎呀，我差点忘了。两位请拿好这个。”他从口袋里取出了两面小小的圆形镜子。

“这是我的祈祷用具。镜子是太阳的象征，就当成是朋友的一点见面礼吧。”

“这礼物也太贵重了。”

“没关系。为了送给朋友，我准备了好几个。”

“那我就收下了。谢谢。”

“那就明天见了。晚安。”

说完后，伽索鲁便离开了，休息室只剩下丸江和觥泽两人。觥泽一直盯着镜子，也许是被朋友一词感动了。

“噗。”

丸江不由得笑出声来，觥泽看着她，问：“怎么了？”

“没什么。我们也该回去了吧。”

已经是晚上十点了。丸江习惯早睡早起。

“也是。哎呀，今天漂流真是玩得太开心了，这种项目应该很火吧。”

“你还好意思说早上的事。当时明明脸都吓白了，还直翻白眼。”

“下次我还想试试皮划艇。那位接待员不是说他会嘛。”

“真的吗？柿本肯定愿意教你。”

“他明年也会来吗？”

“会啊。他很喜欢这个村子，还有在这里工作的人。他还积极参加清理景区垃圾的志愿者活动。要是我们能多赚点钱，就可以雇柿本在这里长期打工了。”

“我能留在这里打工吗？”

“哎呀，你不是很快就要走了吗？”

“也没那么着急，而且我家的房租也还没到期。”

“话虽如此，但说到底，我们这里都是些打扫客房的重体力活，可不是你想象里每天抓抓虫子的闲职。请你好好锻炼身体，明年再来应聘吧。”

说到这里，丸江站起身，接过了魞泽的茶杯，说要去洗杯子。

离开休息室时，她在走廊里碰到了佐伯。

“啊，这么晚才回来，真是辛苦你了……嗯？怎么了？”

佐伯正握着浴室的门把手，表情有些难看。

“门上没挂‘使用中’的牌子，我刚才还以为里面没人，就开了门。”

“我刚才已经跟伽索鲁说过要挂牌子了。”

“我是想过来补充备用品的，还是晚点再来好了。”

“没事，等会儿我来弄吧。”

两人说着走下一楼。餐厅已经都收拾好了。

“真是谢谢你，帮大忙了。我会给你加一些工钱，明天早上过来拿也可以，你先回去吧。”

“那我先走了。”

“嗯，路上小心。”

“那个……”

“嗯？”

“可能是我想多了。”

“到底怎么回事？”丸江催促道。

佐伯短暂地露出了犹豫的表情，说道：“最近不少海外游客会来这里。”

“嗯。”

“虽然很多本地人欢迎海外游客的到来，不过也有人并不这么想。”

“……”

“总之，不少人都不喜欢来自亚洲邻国的游客，比如中东人。”

“你到底想说什么？”

“考虑到旅馆的评价，是不是稍微筛选一下比较好？”

“不要。”丸江严厉地打断了佐伯的话，“别说了。我现在喝醉了。你刚才说的，我全都忘记了。”

丸江直直地盯着佐伯，他马上移开了视线，说道：“……的确，应该在你没喝醉的时候说。现在说是有些不公平。”

他这么说着，低下头准备离开。

您想到什么了吗——听到八幡的问话，丸江还是只说了句“没有”。

佐伯的话的确不妥，但那并不算是争执。伽索鲁应该没听到佐伯的话，所以不需要特意告诉警方……丸江这么对自己说着，但还是无法抑制地不安起来。

佐伯并不喜欢伽索鲁，但这不意味着他和伽索鲁的死有什么直接关系……丸江还在胡思乱想，八幡打断了她的思绪。

“好吧。那我们就告辞了。”

“对了，伽索鲁的行李要怎么处理？”

“目前暂时不会将他的行李作为证物收押，需要联络到他的家人后再决定。所以暂时还得麻烦您这边保管……”

“明白了，由我们来保管。”

“有进展我们会再联络您。感谢您的协助。”

两名刑警低下头行了个礼，转身向门口走去。鮲泽看着他们的背影，小声问：“对了，能提个问题吗？”

刑警回过头来：“怎么了？”

“伽索鲁戴着的那个挂坠……”

“嗯，那个甲壳虫形状的吧？”

“那并不是甲壳虫，而是蜣螂……也就是屎壳郎。虫子用脚夹着的那个圆形，既是粪，也象征着太阳。”

“那又怎么样？”八幡皱起了眉头。丸江在心里嘀咕，怎么这种时候还给刑警上起昆虫课来了。

“那个圆形是不是能打开？”

“打开？”

“是的，就像怀表的盖子一样。”

“不清楚，我们还没有确认过……”

年轻刑警看着八幡，也同样摇了摇头。

“那能不能马上确认一下？”舳泽步步紧逼地问道，“我想，那个圆形里应该安了指南针。”

八幡不情不愿地给留在现场的工作人员打了电话，很快就得到了回复。挂坠上的圆形盖子的确能够打开，里面也确实嵌入了指南针。

“好，我明白了。好吧，就这样……”

“等一下，请先不要挂断电话。还有一件事。”舳泽向八幡请求道。

“什么事？”

“那个针……那里面的指针还好用吗？”

“啊？”

“磁针的 N 极是准确指向北方的吗？”

刑警不快地再次询问电话另一端的人。

“嗯……嗯……什么？”

“怎么样了？”

"和智能手机中的方位软件比对过了，挂坠里的指针并不能正常工作。"

"果然如此……"

"嗯，嗯……好。谢谢。"

八幡挂断了电话，而后说道："现场勘查人员说，虽然乍一看很难发现，不过指针和它连接表盘的部件已经生锈了，现在的指向正好相反——也就是指向南方。"

"舢泽先生，这到底是怎么回事啊？"丸江默默听了半天，终于插话问道。

舢泽转向她，脸色苍白："伽索鲁的指南针坏掉了，所以东西方向完全颠倒了。"

南北相逆，东西方向当然也指反了。这样一来，到底是……

"昨天晚上是阴天，既看不到夕阳，也看不到星星月亮。而且，原本可靠的蜣螂也失去了作用，它生锈的指针停止转动，不再指示正确的方向了。"

"你能不能冷静一下，说点我们能听懂的？"

"你还记得吗？昨天晚上，伽索鲁站在休息室窗边说，'一边喝着咖啡醒神，一边眺望朝阳'。"

"嗯，我记得。"

"当时听到这句话，我以为休息室的窗户朝东——至少是能够看到朝阳的。伽索鲁有向东边祈祷的习惯，而且他是祈祷完才来到休息室的。所以，我自然而然地认为他能够正确地认知方向。然而，到了早上，我才意识到这个想法是错误的。休息室和我们的房间方向相对，但阳光却直射进了我的窗子。”

也正因为如此，魞泽当天才会因为日晒而醒过来。

“那时，我以为是自己的坏毛病又犯了。我之前就老是在别人的话里找茬，引起对方不快，所以才交不到朋友。”魞泽难过地剖析着自我，然后继续说道，“但现在我们知道了，伽索鲁搞错了方向。证据就是他那个坏掉的挂坠指南针。昨天晚上，他祈祷的方向是错误的。他原本想向东边祈祷，结果却向西祈祷了。而当早上的太阳透过窗子射入房间时，他马上就意识到了自己的过失。所以他才会在日出之后就离开了旅馆。”

“请等一下。”八幡惊讶地打断魞泽，“你的意思是，乌古迪先生意识到自己的祈祷方向错误，所以自杀了？”

“并非如此。他离开这里，并不是为了自杀。”

“那又是为了什么？”

“是为了去找将他的指南针弄锈的犯人。”

“将指南针弄锈？”

“有人出于某种恶意，故意弄坏了他的指南针。伽索鲁先生几乎一直贴身戴着挂坠，因此只有极少数人能做到这件事。”

故意——恶意——这些词让丸江起了一身鸡皮疙瘩。她的脑中浮现出了某种可能。

昨天晚上，有个人在伽索鲁入浴时站在更衣室的门口。

今天上午，就在伽索鲁离开几十分钟后，这个人就来到了旅馆。

也正是这个人，在刑警们来到旅馆之后马上离开了。

这个人曾经表现出了对伽索鲁直白的恶意。

——考虑到旅馆的评价，是不是筛选一下比较好？

他真的是因为面试离开的吗？让他回家，可能铸下了大错——丸江不由得张嘴说道：“伽索鲁离开旅馆，是为了去堵住过来上班的佐伯……这两个人在外见面，为了坏掉的指南针当场发生了争执……”她的声音有些发抖，“争吵中，佐伯将伽索鲁……佐伯为了将此伪装成为意外或者自杀，将遗体扔下了悬崖。”

听她说到这里，魞泽瞪大了眼睛：“你，你是说这是佐伯干的？”

“难道……不是吗？”

“佐伯有机会将指南针弄锈吗？”

“洗澡的时候！伽索鲁洗澡时，会把指南针放在更衣间的篮子里。那里还放着打扫浴室用的清洁剂，用那个就可以……”

“丸江，你冷静一下。”

“现在怎么可能冷静得下来！”

“慌慌张张的也行，不过再好好想想，你的假设从时间上说不通。根据我的假设，指南针是在伽索鲁祈祷前被弄坏的——也就是在他来休息室之前。但他是在那之后去洗澡的。”

“那也许是你的假设出了错。”丸江大叫道。鱿泽马上转过头去，丸江本以为他要逃避质问，然而，他却用力地抓住了八幡的肩膀：“刑警先生，还有一件事，请您帮最后一个忙。”

刑警被鱿泽摇晃着，头也前后晃动了起来。“那条河里……啊，丸江，那条河叫什么来着？我们玩漂流时，河边不是有个小屋吗……请您派人去那里确认一下，去那里就能知道我的假设到底对不对。如果我是正确的，警方应该会在那里发现柿本的遗体。”

丸江一时愣住了。八幡也一副迷惑的神情。

“遗体？你说什么蠢话。”

“伽索鲁到底为什么自杀啊！”

“已经说了死因还在调查中……”

“刚才丸江说过，伽索鲁每天都会祈祷，所以不会打破比祈祷更加重要的戒律。可是这句话反过来理解，也一样行得通。”

“反过来？什么反过来理解？”

“伽索鲁曾经说过，他信仰的最大禁忌，就是伤害他人，不管是什么原因。我是这样想的，他其实已经打破了最高戒律，所以才会毫无顾忌地犯下更低的戒律——也就是伤害自己。”

丸江啊的一声叫了起来。她终于理解了舣泽的话：“也就是说，伽索鲁因为犯下了杀人罪，所以自杀了。”

而其中的原因，就是那个被弄坏的指南针——？

“是的。所以请尽快……”

“舣泽先生，你是什么时候知道那个挂坠里其实是指南针的？”

“我并不知道啊。”舣泽像是在赶时间一样加快语速说道，“对于习惯向特定方向祈祷的人来说，去外国旅行的时候必须带指南针。最近也有人用智能手机来确定方向，但是因为网络信号和电池的问题，很多人还是会单独携带指南针出行。伽索鲁祈祷错了方向，很容易就会让人联想到是指南针出了问题。所以我想到，那个挂坠里可能就是指南针。”

——这个挂坠之中的力量不输真正的圣甲虫。

——它一直指示正确的方向，比智能手机更可靠。

丸江想起了伽索鲁轻触着挂坠的修长手指。

“昨天夜里，伽索鲁用挂坠测定了方向。到了第二天早上，他才意识到昨天自己祈祷的方向并不是东方。他肯定会检查指南针，发现指南针坏了。”

此时，他怀疑有人在捣鬼。指针不是自然上锈，而是被什么人故意弄锈的。

“伽索鲁很少会摘下挂坠。这极少的情况就包括他去漂流时，将贵重物品拿下交给接待员保管。”

“啊……”

对啊，所以应该是柿本。丸江想起了昨天和他聊天的内容：“……伽索鲁一定记得我之前在小屋里问柿本准备什么时候回去，他说第二天早上……也就是今天早上，会去河边玩一次漂流。当时伽索鲁就在旁边，他一定是记住了这段对话……”

八幡的脸色突然变了。

“当时柿本只说了‘早上’，但没提具体是几点去，会待到几点。伽索鲁为了去跟他当面对质，才一大早就出发，因为他除了在那里等着，也没有其他办法了。”年轻刑警也不安了起来。魞泽继续说道，“在没看到实物的情况下，我也不敢断言。不过要想拆卸挂坠里的指南针，应该不需要多么高级的技术。把透明的上盖打开，也并不需要复杂的工具。只要把露出的指针和支点部分的金属弄锈就行了……比如说，把清洁厕所的清洁剂抹一点上去。哪怕是像我们这样连轮胎都不会换的人，趁着漂流这段时间，也完全可以做到。”

八幡对着年轻刑警耳语了几句，后者马上冲出门去。

“我认为，对于伽索鲁来说，比起妨碍他祈祷，弄坏指南针这件事要更恶劣。因为那个指南针是伽索鲁先生的宝物。”

——这是大学的朋友在我回国前送的临别礼物。从整体设计到内部功能都是特别定制的，独一无二。

丸江回想起伽索鲁的话，心头涌上了一股难以抑制的情绪。

“可是魞泽先生，”八幡说道，“如果真是这样，那个叫柿本的青年到底为什么要做这种恶作剧？他之前应该并不认识乌古迪吧？”

丸江知道为什么。

答案非常简单。柿本就是那种人。

现在她才意识到自己误会了佐伯昨晚回去前的话。

不喜欢特定人种和民族的人并不是佐伯，而是柿本。

佐伯与他年龄相近，关系也不错，所以才发现了这一点。

如果我们再多赚点钱的话，就可以雇柿本在这里长期打工了——离开休息室前，丸江半开玩笑地说。而当时佐伯在走廊里听到，将这话当了真。他想警告丸江雇用柿本有多危险，然而中途被打断了，丸江误解了他的真实意图。

这时丸江又想起了另一件事。

旅馆住客——特别是海外游客的多个投诉。

自己平时会推荐游客去玩漂流。

恐怕，柿本的恶意也伤害了他们，那样就都说得通了……

门被猛地打开了，年轻刑警跑了进来，将手机递给八幡。他转过身去，低声交谈了几句，然后平静地挂断了电话，回过头来。

“我们在小屋附近发现了柿本的车和行李，但是他人不见了。小屋下游一公里处，一艘漂流船撞到了岩石上，船上的人应该就是柿本。不过你的推测有一个错误，船上的男人还活着。他暂时失去了意识，已经让直升机过去救援了。”

鮲泽脱力般地坐倒在地，而后小声地说道："太好了。"

两个小时后，八幡打电话说柿本已经脱离了生命危险。

"还有，我们调查乌古迪先生的手机时，发现了他死前拍下的录像。他对着镜头录下了遗言，大部分都是用母语说的。我们还需要一些时间进行翻译，不过他也用日语向日本警方供述了他的犯罪行为。"

伽索鲁来到河边时，柿本已经上船了。他们在那里发生了争执，最后柿本辱骂了伽索鲁。伽索鲁怒气上涌，在柿本离岸时夺过船桨，用力打在柿本头部。

"不过遗憾的是，他没有提到他们争论的原因。不过，之后再问问柿本应该就能明白了。现在看来，鮲泽先生的推理可以解释这个问题。"

"……原来如此。"

"从柿本狼狈的样子来看，乌古迪先生大概是认为自己杀死了他。柿本所坐的船顺着河流漂走，因此也无法确认他是死是活。惊恐的乌古迪将船桨投入水中，逃走了。可是……"

他无法逃避自己的罪恶感。

"遗言中，乌古迪先生也提到了濑能女士和鮲泽先生。事后我们也会给你们看这一段，他说，他打心底里感激旅途中结识的两位友人……”

幸运的是，柿本活了下来。这样一来，伽索鲁就不算是杀人犯了。可偏偏他又因此结束了自己的生命。

挂断电话后，两人来到阳台。秋日的天空湛蓝而澄澈。丸江眯起眼睛看着太阳。阳光映在伽索鲁送给他们的小镜子上。

明明昨天天气还很阴沉，今天却这么晴朗。如果太阳没有照射在伽索鲁的脸上，他就不会死了。那样的话，伽索鲁最早也得等到今天日落之后才能发现指南针被弄坏了，而那时，柿本早就离开了村子，他也不会有机会和柿本见面。

哪怕被深深伤害过，伽索鲁也并不想伤害他人。可即便如此……

“没准我就是个瘟神。”

“说什么蠢话。”丸江瞪着魞泽说。

“你真的生气了啊。”

镜子里反射出的光照到了魞泽脸上，他寂寞地眯起了眼睛。

“魞泽先生有自己独特的语言和情绪，这也帮助了不少人。不是吗？”

“我不知道。我才是那个被别人拯救的人，一直被人温柔地关照着。”

“是吗？”

鲉泽歪了歪脑袋，岔开话题：“村子也会受到影响吧？这家旅馆会不会也……”

“确实有很多人取消了预订。鲉泽先生，你还是付一下交通费吧。”

“只要能避免旅馆倒闭就好。”

“真倒闭了的话还不是怪你？”

这件事肯定马上就会被人忘记。

也不会再有人提到这背后的故事了。

“丸江啊。”

“嗯？”

“明年我还能再来吗？”

“当然了。来看看伽索鲁吧。”

鲉泽避开镜子中的光向天空望去。丸江无法确定，他眼底闪烁的是不是泪光。

萤火虫计划

“主编，您的电话。”

“我忙着呢。”

“知道了。”

五月二十八日，周二傍晚。大众科学杂志《阿皮耶》编辑部一派繁忙景象，包括主编斋藤在内的所有工作人员都在准备下一期杂志的发行。

斋藤正在看下期遗传基因工程特别报道专栏的打印稿。其中提到，人们已经开始饲养转基因动物。

“让他等会儿再打过来可以吗？”

“等下我回电吧。是谁打过来的？”

“好像叫什么飞蝗。”

听到这里，他吃了一惊，停下了手上的动作，从打印稿中抬起头来：“等一下！你怎么不早说！”他瞪了一眼畏畏缩缩的职员，按下座机的绿色按钮，接起了外线电话。

"你好。"

"你好，请问是怪人斋藤吗？"

电话里传来一位少年的声音，还带着几分天真无邪的味道。这位飞蝗现在应该还是个初二学生。

"你好，我是怪人斋藤。初次联系。"

"怪人斋藤"是他的笔名。这是以前参加文案写作培训班时，班上的老师给他取的笔名。那时老师觉得他爱找理由又不听话，特别烦人。

二十岁出头的时候，他帮老师打下手，写文章，拿到了些报酬。到了三十岁，他凭借在大学读理工科时学到的知识获得了不少科学行业的写作邀约，不知不觉间就成了"科普作者"，那时有位编辑找到他，请他一起创办新杂志，也就是《阿皮耶》杂志。

经历了重重波折，创刊两年后，杂志的第一任主编突发急病去世了。之后十年间，斋藤便做了第二任主编，守护着这座小小的城池。

"突然打电话给您，真是不好意思。"

"没什么。我也想和飞蝗打电话聊聊。"

飞蝗——不知道是不是从东亚飞蝗这个名字演化来的。这是少年在《阿皮耶》读者投稿栏目中的笔名。这位中学生是个热心投稿者，编辑部无人不晓。《阿皮耶》杂志每年都会在市内举行一到两次读者聚会，住在北海道的飞蝗从来没有参加过聚会，但斋藤一直想要见他一面。

今天飞蝗突然给编辑部打来了电话，到底有什么事？是发现了投稿里的错字，还是忘记给他的稿子署名了……

“今天是有什么事情吗？”

“这个嘛……不好意思，我有点不知道该从何说起。”

“那不如试着从结论开始说吧。”

“好的。其实……”飞蝗轻轻咳嗽了一声，“是这样的，茧玉介子失踪了。”他斩钉截铁地说道。

茧玉……介子？斋藤一时怀疑自己听错了。

“茧玉曾经对我说过，如果他出了什么事，就让我联系《阿皮耶》杂志的主编，一个叫怪人斋藤的人。”他顿了一下，像是在等待斋藤的反应。然而斋藤也一时愣住了，无法马上回应。不久，少年不安的声音再次传了过来：“请问……您对茧玉介子一点印象也没有吗？”

那天，斋藤通宵处理完工作，在白板上写好对其他职员的指示，从东京站乘早上第一班东北新干线离开。

随后，他在盛冈换乘特快列车，经由八户、三泽，沿下北半岛南部来到津轻，再经过青森，穿过青函隧道，这还是他第一次走这条路线。

隧道开通以前，他也来旅游过，那时列车终点站就在青森站，之后要换乘船，在津轻海峡的波浪中度过四个小时。他晕船晕得厉害，但同时，心头也会涌起某种奇妙的感觉：自己正在穿越布莱基斯顿线——津轻海峡中的生物界线。

然而现在，尽管本州岛和北海道之间有隧道相连，但是那道界线似乎已经消失了。列车驶入青函隧道时，斋藤已经不再感到兴奋。他百无聊赖地透过黑暗的车窗，打量着自己那无聊的样子。站内广播报出龙飞海底站时，斋藤闭上了眼睛。

毫无疑问，茧玉介子也是一个笔名，而且正是斋藤本人取的。

八年前的某天，有个睡眼惺忪的人来到编辑部，自称是《阿皮耶》杂志的粉丝，打开背包取出了一沓稿纸交给斋藤，说："请您看看。"

文章的题目是《独角仙幼虫会梦到两只角吗？》，共两千多字，文风轻松自然，是一篇对独角仙犄角的调查，包括它是从什么时候出现、如何成形的等等。

斋藤一眼就看中了这篇文章，决定在杂志上刊登。当时他觉得对方的本名没什么冲击力，想找一个笔名，也许是因为刚刚读完关于昆虫的文章，再加上那个男人脸庞白净，他突然联想到了蚕茧。

遗憾的是，那篇双页稿件并未引起太大反响。不过，“写手茧玉介子”由此诞生了。

介子擅长的领域是以昆虫为主的所有虫类。只要是和虫子相关，不管是文学还是艺术，又或者是什么传言，他都非常感兴趣。

斋藤不知道介子之前是从事什么工作的，他问过一次，对方只回答：“什么都做过一些。”然后便不肯多说了。斋藤很快发现介子并不擅长和人打交道。他比斋藤小九岁，三十岁时开始在《阿皮耶》上发表文章。算下来，现在应该三十八岁了。

五年前，介子消失了。

那一天，斋藤邀请刚刚交稿的介子去酒馆喝一杯。他知道对方生活窘迫，所以有时会请他吃饭。介子经常去各地旅行采集昆虫，因此会尽量缩减伙食费。

斋藤说上个月的杂志销量不错，向介子劝酒，没想到弄巧成拙。

“对了，介子，你是不是拒绝了赤羽城市杂志的约稿？”

“啊。”介子难为情地挠挠头，“我完全不想写美食类的稿子啊。”

他说着，噘起嘴巴，吃了一口毛豆。斋藤叹了口气。

“对于我们来说，你只不过是签了外包合同的撰稿人而已。如果《阿皮耶》倒闭了，你明天该怎么生活啊？这十年，最好别对工作挑挑拣拣的。”

不知是因为斋藤抽烟，还是因为对话变得奇怪，介子的脸色沉了下来。斋藤生气地拍了一下桌子，介子的筷子应声滚到了地上，他马上弯腰去捡，而这让斋藤更生气了。

“你就不能一会儿再捡吗？！”

“对不起。”

“你还没有做自己的名片吧？”

“你是说……茧玉介子这个名字的名片吗？”

“我还叫怪人斋藤呢！我可从来没有因为这个笔名觉得不好意思。因为本来就是老师给我取的。”

当然，他的话中隐含着另一层意思——“你的笔名是我取的”。

“你真的做好成为专业撰稿人的准备了吗？”

介子听到这样的质问，咬住了下唇：“我只为《阿皮耶》写稿子就够了。如果《阿皮耶》没有了，那就到时候再说。”

斋藤认为介子的能力很强，因此才更无法容忍他毫无干劲的话。斋藤变本加厉地说教起来，“你是个只会逃避现实的失败者”，“撰稿人的可替代性太强了”，“如果我像你这样抱着来玩玩的心态，我们的杂志早就歇摊了”，等等。说好听点叫说教，但其实都算得上辱骂了。

斋藤已经不记得那之后发生了什么。最后，他似乎是被介子送回家的。

一周之后，杂志编辑为了策划下期杂志的内容，给介子家打了个电话，然后告诉他。

“主编，电话打不通。”编辑拿着电话听筒说道。

“是不是出去采集虫子了？”

“可是有点不太对劲啊，这电话已经停机了——”

斋藤赶到介子的公寓。不管他按了多少次门铃，敲了多少次门，转过多少次门把手，里面都毫无反应。直到隔壁的女人迷惑地说：“这家的住户前几天搬走了。”

斋藤睁开眼睛，眺望着窗外，北海道一侧的津轻海峡正翻涌着三角形的白浪。

他的思绪再度回到了五年前。

他向介子的邻居打听到了公寓管理员的住处。对方在门口听到“斋藤”的名字之后，啊了一声，便将他请进了房间。

“我也不太清楚他怎么会突然搬家。不过我在空房间的地板上发现了这封信。”

他拿出一个茶色信封，上面写着“怪人斋藤先生收”。

打开一看，里面是一张 A4 大小的白色复印纸。上面只有短短三行感谢他的话。

从那之后，斋藤就再也没有听说过介子的消息。他安慰自己说，这样对双方都好。

“那家伙去北海道生活了，而且还在用我为他取的萤玉介子这个名字……”

然而，斋藤没能从信里读到更多东西。他模糊地想起了两个人还没有闹僵之前介子那怯怯的笑容。

从函馆站下车，再换乘普通列车，就远离了海边。大约二十分钟后，列车穿过市区，顺着国道向前开，眼前一派明丽恬静的田园风光。

开了没一会儿，列车路过一片砖红色外墙的楼房，四面都是田地。也许是学校一类的地方。

这附近有一片小小的土坡，停着一台起重机，像是正准备吊起什么东西。斋藤从包中取出小型望远镜，发现起重机正在吊起的似乎是一块石碑，上面刻着“慰灵”的字样。列车正在靠近车站，车速有所下降，正好能让他看清楚。

列车沿着绵延的农田一路向前，在山脚下大转弯前一个小小的车站处停下。在这一站下车的只有几个人。空无一人的检票口外，一位少年认出了斋藤，急忙向他鞠躬行礼。斋藤早上六点从东京出发，而现在已经是下午四点了。

“你好，我是怪人斋藤。”

“我，我是飞蝗。忙……百……百忙之中，您还特意赶来……真是不好意思。”

飞蝗笑得有些僵硬。他没有穿学校制服，看起来是放学后先回家换过一次衣服，再来接他的。哪怕是以中学生的标准看，他也显得有些矮小。他长着一张圆脸，眼睛和耳朵都大大的。他直挺挺地站着，抬头看着斋藤，像一只警惕的小动物。

“介子的事，给你添麻烦了。”

“没，没，没事的。”飞蝗挥动着双手说道。

“你怎么一下子就认出我了？”

“去，去年《阿皮耶》上刊登过读者聚会的照片。”

“怪不得。飞蝗是从介子那里知道《阿皮耶》的吗？”

“是的，他曾经给过我一本杂志，并告诉我如果他出了什么事，就联络你们，我这才开始读你们杂志的。”

杂志的内页附有编辑部的电话号码以及主编斋藤的

名字。

“介子跟你说过他做撰稿人时的事吗？”

“没有，他完全没有提过。我最开始拿到杂志时是三年前……当时最新发行的那一期。那时，茧玉已经不写了吧？后来过了一段时间，我再去看杂志过刊，发现了他的名字，这才知道他曾经给杂志写过稿。”

“如果自己出了什么事……为什么，介子在担心什么吗？”

“我更担心。他一个人住在市郊，周围也没有亲戚。那时他笑着跟我说，如果他死了，第一个发现死者的人就是我，得告诉我怎么应对。”

“就算是玩笑话，也有点太残忍了。”

“但他确实是头一次这样消失……我们之前约好了要去插秧。结果来这儿以后却发现家里的稻苗都枯萎了，我感觉有些不对劲……就联络了斋藤先生……”

“谢谢你联系我。可是，我还真没想到，那家伙会去种水稻。”

“其实这件事也和虫子有关系。”

“和虫子有关系……啊，要不我们先去介子家，在路上聊如何？”

“啊，好的。就这么办吧。这边请。”

车站前的遮光板下有个小商店，以及一块已经褪了色的大牌子，上面画着新干线。两个人沿着铁轨和田地之间的一条无人小道一直向西走。没走多久，飞蝗就问道："对了……阿皮耶到底是什么意思？"

"就是我们现在这样。这个词在法语中是'步行'[①]的意思。"

"哦。我还以为法语词都是'之'或者'扑'这种发音呢。"

"阿扎扑之本。"

"那是什么？"

"你不知道吗？是东京的麻布十番[②]街。"

"哈哈，我不知道。十番。"

两个人笑着，慢慢熟络了起来。

"为什么会给杂志起'阿皮耶'这个名字？"

"意思是要自己去走，去看，去听，去感受。我们本着这样的精神创办了这本杂志——我们将这种期待融入了杂志名。"

"您喜欢散步吗？"

"当然喜欢。"

---

① 即 à pied，意为步行、徒步。

② 即あざぶじゅうばん，发音和上文飞蝗所描述的法语常用发音很像。

“太好了。茧玉家离这里有三公里呢。”

“咦……太好了……”

正值五月下旬，北海道还算不上炎热，斋藤却走得满头大汗。之前夸下了海口，现在自然也不好意思叫出租车了。他在自动贩卖机买了两瓶果汁。

“你和介子是三年前认识的吧？”

“是的。我们都参加了镇上大学的公开讲座。您知道东斗理科大学吗？”

东斗理科大学是一所本部设在东京的私立大学。斋藤以前在杂志的简讯栏看到过这所大学受邀在北海道开设分校的消息。这时，他想起了之前在电车上看到的那所砖红色建筑物。

三年前，东斗理科大学每个月都会在学校里举办公开讲座，已经持续了半年。飞蝗听的那场讲座主题为“里山的自然”。

“我当时看到他的名片上写着‘茧玉介子’，还吃了一惊。”

在第三次参加讲座时，他们被分到了同班。两人都喜欢昆虫，因此也聊得来。

“我听说他在家里养殖独角仙，就去他家里玩了。”

布莱基斯顿线以北，并没有野生的独角仙。飞蝗非常想要一只，但介子告诫道，要让已经被人类抛弃，本不该存在于这片土地上的生物，以“国内外来种”的身份在此生存，可能会惹出很大麻烦。出于我对你的信任，我会把它当作礼物送给你，请你耐心等待。

少年问他为什么要和甲虫一起搬到这片寒冷的土地上。

介子无力地笑着回答，是想要逃跑。败者向北逃亡，就是败北的字面意思。

听到这里，斋藤的胸口疼了起来。

“那时，茧玉已经在进行‘萤火虫计划’了。”

这个计划是为了恢复里山过去的景色，让萤火虫能重新在水田中飞舞。这是介子在这片土地上的梦想。

——我见过不少自然保护活动，大部分都是做些“清除”的工作，像是捡垃圾，少打农药，还有严控外来生物之类的。可是环境已经变了，等人类意识到自己的过失，往往为时已晚。

——这里的稻田和水渠也曾经有过萤火虫、河蟹，以及泥鳅，它们构成了一套完整的生态系统，可现在只剩下水蛭了。不能为了经济的发展牺牲生态环境。

——所以我想在不影响别人的情况下，尽自己的一份力，令这里焕然一新。我租住的房子就在沼泽旁，我要在那里开垦田地，种水稻，让濒临灭绝的萤火虫回归稻田。这里的水质甘甜……

“所以，茧玉先生应该是为了达成这一目标，才来参加公开课讲座的。”

“那飞蝗又为什么来听讲座呢？”

“我啊，其实只是想要小龙虾。”

斋藤一时没有听懂他的意思，又问了一次。

“学校会送给小学以下来听讲座的孩子小龙虾。据说是为做研究抓来养的。”

两个人继续边走边聊，四十分钟后，介子家终于到了。他家在南边一座小山脚下的斜坡上，采光很差。房子有年头了，顶上长满了青苔，染上了抹茶般的深绿色。

两个人走上斜坡，在长年的踩踏下，这里形成了一段勉强可以称为“阶梯”的小路。从介子家往下看，确实能看到一片水田，不过那里还没种水稻，只能称得上是一片水洼。

“玄关的门没上锁。小偷基本也看不上这里，不过长时间不在家的话，他还是会把门锁上。”

门开后，一股发霉的味道直扑鼻腔，斋藤连续打了几个喷嚏。这是所老房子，天花板很高，房子看着不大，不过里面感觉还是挺宽敞的。木地板已经变形了，踩在上面就会发出吱呀吱呀的声音。厨房里没洗的碗盘堆成了小山，飞蝗收拾过后，总算又恢复了整洁。

房间里侧有个四叠半大小的房间，专门用来饲养独角仙，里面满是腐叶土的甜酸味道。

“虫子已经结蛹了，所以不用担心饲料问题，但我也不确定这里的温度和湿度合不合适。”

飞蝗摆出专家的姿态，看来已经将饲养独角仙视为己任了。

一边的书架上整齐地摆放着《阿皮耶》的新刊。看到这一幕，斋藤突然鼻头一酸。

“对了，你最后一次见到介子是……”

“是五月十二日。”

今天是二十九日，也就是说，介子已经失踪两周多了。

“那天是星期天，刚好是春日祭，神社里也有夜市，中学生们也被允许外出游玩。我喊茧玉先生一起去，可他却说这段时间有事，拒绝了我，也不肯告诉我他要去哪里。”

“那时介子是什么样？是高兴，还是嫌麻烦？”

“我觉得他有点心神不安。不管我跟他说什么，他都一副恍惚神情，甚至连我的新发现，他也完全没听进去。”

“你发现了什么？”

“我在水田里看到了绿色的光。”

“哦！那不就是萤火虫吗？”

“我也是这么想的。我在他家门口向下看水田时发现有光，就急忙和他说了，结果他却回了一句，估计就是车灯反射吧。虽然当时的确不是萤火虫活动的时期，但是他这个反应还是挺让人生气的。”

“他只在那一天显得不太对劲吗？”

“现在回想起来，好像之前就有点不太对劲了。黄金周之前，他还和之前一样，但长假结束后，他就有些提不起精神了，我们原本的种田计划也推迟了。不知道是不是因为他觉得我在他家碍事，还特意打发我出去帮他买东西。”

“买东西？”

“相机胶卷。”

斋藤四下翻看，很快就在起居室找到了相机，用黑色带子挂在一块板子上，那里之前似乎是个神龛。但里面没有胶卷。斋藤猜测也许胶片已经洗出来了，又想寻找照片。突然他注意到了墙上的时钟。

“啊，已经六点多了。”

“没关系，天还亮着。”

“你还是中学生吧？今天先这样吧。我也该去酒店办理入住了。”

斋藤预订的旅馆就在车站前，可他不知道那家旅馆具体在车站前的什么位置。

“叫个出租车吧。”

“有点太奢侈了。”

“老实说，叔叔今天已经一步也走不动了。这里的电话还能用吗？”

房间里有一部看上去颇为老旧的黑色电话，居然还能用。号码簿就放在电话下面。两人把地址告诉出租车公司，对方惊讶道：“那里还有人住吗？”

出门后，飞蝗叹息道：“之前特意培育的幼苗，现在已经枯死了。”水田附近有片小小的塑料棚，应该就是培育水稻的地方。

很快，一辆亮黄色的出租车停在了他们面前。飞蝗说：“这车和《阿皮耶》同色啊。”

其实《阿皮耶》的封面颜色和设计是受到了《国家地理》杂志的影响。

“嗯，上车吧。”

“……”

“怎么了？”

“请……请等一下。”

飞蝗像是突然意识到什么，跑回了房子里。斋藤跟在他后面，帮他摆好玄关处散乱的鞋子，一边大声问飞蝗怎么回事。少年拿着一本《阿皮耶》走了出来："我想起来了，茧玉先生会把重要的东西夹在《阿皮耶》里面。"

少年喘着粗气，翻开了杂志。里面的确夹着底片。

两人坐在行驶着的出租车内，飞蝗突然说："可能是因为我，茧玉先生才会消失。

"我不是在这里长大的。小学的时候，我不适应学校的生活。当时我的父母想，也许让我读镇上的学校会好一些……于是，我便一个人从本州来到了这个小镇，在祖父母家住下。"

"原来是这样。"

"有一次，我下意识对着茧玉先生叫了一声'爸爸'。"

"有时是会叫错的。"

"茧玉先生当时的表情相当困惑。他说，'我并不是个出色的人，不配为人父'。他这么说，我才发觉自己都没意识到对他产生了依赖心理……"

飞蝗抬起了头，用那双大大的眼睛看着斋藤。

"我让茧玉先生不高兴了。他因为我而感到了沉重的压力。所以，也许我不该再去找他了。"

“压力”这个词让斋藤想起了那段不愉快的经历。斋藤将手搭在飞蝗的肩上，用力摇摇头：“肯定不是这样。”

飞蝗下车之后，斋藤让司机调头返回介子家，再次打开了刚才的杂志。比起夹在杂志中的底片，他更在意杂志中的那篇文章《独角仙幼虫会梦到两只角吗？》。

——那是杂志刊登的介子首作。

为什么会夹在这里？真是想不到。是偶然吗？怎么可能。可是为什么呢？介子是怀着什么心情将重要的底片夹在这一页的？

到介子家后，斋藤就打发出租车司机回去了。明明太阳刚落山，但在这个昏暗的房子里，光线已经消逝了。他打开里侧四叠半房间的日光灯，打量着书架。上面少了两期《阿皮耶》杂志。一期是三年前的，那一定是芥子送给飞蝗的那一本；而另一本是介子为杂志撰稿的那段时间发行的。

斋藤翻阅着这些过刊，心想也许介子这时会突然间回来。那样一来，自己又该说些什么……他漫无边际地思考着。

过了十五分钟左右，他用起居室的电话又叫了一辆出租车，走到外面。他打量着周围，向黑暗中的水田望去，就在这时——

一个个小小的绿色发光体绘出了一条光尾，就像在缀连星座一样。

斋藤不由得啊了一声，从背包中取出望远镜。然而，那光点马上就消失了。

这次来的出租车司机和刚才是同一个人。

“不好意思，这次真的去车站前。”

“多谢惠顾了。”

旅馆的确在车站前，位于已经关门的商店二楼。他向老板娘打听附近有没有能够冲洗照片的地方。

“您可以把胶卷给我。我晚点要去街上，到时候就顺便帮您洗了。”

于是，他便将胶卷交给了老板娘。

晚饭时，他喝了点日本酒，两天来的疲劳一下子把他击倒了。不知不觉间，他陷入了沉睡，醒来时已经是深夜时分。他急急忙忙洗了个澡，回到房间之后，又从房间的冰箱里取出了大瓶啤酒。标价八百日元。只能喝这个了。啤酒不够冰，杯中满是泡沫。他独自举杯，向空中致意。这一天，他终于又一次和介子产生了交集——尽管是以这种形式。这啤酒只有一股苦味。

一边翻着《阿皮耶》，一边回忆着往事，他以为自己今晚都无法入眠。结果啤酒还剩了大半，他便睡着了。再次醒来时，已经是第二天早上了。

来到餐厅吃早餐时，老板娘将洗好的照片交给了他，总共有两个袋子，分别装着两枚胶卷洗出的照片。

他先打开其中一个袋子。只洗出了四张照片。

第一张和第二张……拍的是水田。第一张算是全景，第二张则是近景照，照片中是一条小鱼。之前飞蝗提到过水是从山上引来的，这条鱼应该是和山上的水一起流进了田里。

第三张和第四张……黑暗中隐约显出亮光，但看不清到底拍摄的是什么。

一枚胶卷应该有二十四张胶片，理论上还有二十张照片，估计是洗出来之后检查过那些都拍坏了。

他接着打开了第二个袋子。这里面也只有三张照片。

第一张……他当时透过列车车窗看到的砖红色建筑。

第二张……从稍高一点的位置俯拍地面。看起来是施工现场。工地周围支着白色的塑料布，内侧的部分地面用绳子分隔出了一个方形。

接下来是第三张……一位坐在桌前的白衣男人用手支

着脸，露出不自然的笑容。他头发花白，神情紧张。年龄在五十岁上下。

照片下方有拍摄日期。第一个袋子里的照片都是五月八日拍摄的，而第二个袋子里的照片全都是五月十日拍摄的。

斋藤出了餐厅，将照片拿给老板娘看。

“这栋建筑物是什么？”

“啊，这是东斗理科大学。”

果然如此。

“那您认识这个男人吗？”

“这是长下部先生。”

“您认识他？”

“他在正式上任之前来过这里好几次，就住我们旅馆。真的太遗憾了……”

“遗憾？什么意思？”

“好像是做了教授，然后又当选了国家的什么委员会成员，将来肯定是个了不起的老师。听说他出差时突然去世了……啊，您不知道吗？”

最近与介子见过面的大学研究者突然去世了，这与介子的失踪有关系吗？总之，还是要尽量多打听些消息。

他从旅馆的房间里给编辑部打了电话。没人接听。截稿日期一过，《阿皮耶》的员工就不会按时上班了。斋藤自己也习惯了这种工作方式，没什么好抱怨的。

老板娘给了他一份两天前的新闻早报。《东斗理科大学教授出差途中在酒店死亡》——那是三天前，也就是五月二十七号的新闻。

长下部教授五十五岁，因参加学术会议住在旭川市内的酒店。当天早上八点，他一直没有去吃早饭，同行者有些担心他，请酒店的工作人员去他的房间看看。房门上了锁，开门后发现教授倒在床上昏迷不醒。救护车很快就把他送到了医院，但抢救无效，确认死亡。警察仍未排除刑事案件的可能。教授研究的是生物繁殖学，原本他已经被内定为国家今年即将成立的确保生物多样性监管委员会的委员。

他再次给编辑部打了个电话，还是没人接。看来只能直接去大学了。连去找谁、要问些什么都没考虑，就叫了出租车。信息是用脚跑出来的，这就是《阿皮耶》的精神。

下了车，他在正门旁边的传达室打听到了长下部教授的实验室位置。不知道是不是接到讣告赶来的人太多，传达室并没有深究他的身份，他还从那里拿了一本小册子。

上面介绍，北海道校区于五年前建成，承接了东京本校的一部分事务。长下部教授的实验室离校门口最远，在理科研究楼。

斋藤坐电梯到达三层，透过长长的走廊窗户看见地面一角立着一块全新的石碑。虽然因为角度原因看不清石碑上的字，但是这块石碑应该与之前车窗外起重机吊起的石碑是同一块。

另外，他还发现了一件事——这里就是介子拍摄的工地。石碑下方形的土台与照片中的方形区域完全一致。拍照时，这里应该还在建设地基，挂在周围的塑料布则是为了防止挖坑时尘土扬到外面。

想到这儿，他又拿出望远镜观察起来。

“今天早上举行了揭幕仪式。”背后有人搭话道。他回头，看见一个手拿蓝色文件夹的女人正在对他微笑。她穿着薄薄的V领黑色针织衫和修身牛仔裤，还套了一件白色外套。由于身材高挑，这件外套显得有些短。

“那是什么石碑？”他问道。

“是实验动物的慰灵碑。”

“啊……原来是‘动物冢’。”

听到这里，他突然明白了介子拍那些照片的理由。介子过去曾经研究过农作物害虫的慰灵碑为何被称为“冢”，还曾经撰写过相关的文章。

“都是些什么动物呢？”

“就是学校里被抓来做实验的动物，像是鱼类和两栖类，哺乳类的小白鼠、兔子和猪……还有就是苍蝇和萤火虫了。”

“……萤火虫？”

“实验室会捕捉一些萤火虫作为遗传基因的实验材料。不过我们现在也不会把萤火虫捣碎再从中抽取成分了。”

“请问……您是长下部教授实验室的工作人员吗？”

如果长下部是萤火虫的研究者，那么介子就有充足的理由拜访他了……他抱着这样的念头问道。而对面的女人果然回答道：“是的。”

“您是来拜访我们实验室的？”

斋藤急忙取出名片：“冒昧打扰，真是不好意思。我是《阿皮耶》杂志的主编斋藤。太遗憾了……我在新闻里看到了教授的讣告……”

“《阿皮耶》杂志的啊。您认识老师？”

“不，实际上，我正准备采访教授，结果却发生了这样的事，深感悲痛……昨天我因为别的事情来到函馆，听说附近就是东斗理科大学，所以冒昧前来了。”

“这样啊。可是约访申请都是我经手的……我还是第一次听说您要来采访。”

本就是斋藤随口瞎编的理由，当然是第一次听说。

“不好意思。我是实验室的助手千鹤原。这边请。”

她转过身向前走去。一条长长的辫子随着脚步晃动着。他跟在后面，走进走廊拐角挂着“生物繁殖实验室”门牌的房间。里面看起来不像是实验室，反而像是研究生的起居室。

“教授突然去世，还真是麻烦啊。”

“是啊。因为太过忙乱，很多东西还来不及仔细整理。也有学生没办法继续进行实验，只能暂时休息了。”

她细长的眼睛里布满血丝，白皙的脸上挂着浓重的黑眼圈。她看起来也就二十来岁，不过从她脖子上的细纹来看，应该没有这么年轻。

“老师平时一个人在这里工作，他的太太和女儿已经从东京赶到了旭川，但还没领回遗体……”

“教授的死有没有什么可疑的地方？”

“似乎是大量服用安眠药引起的中毒死亡……警察也正在慎重地判断是否为刑事案件，所以一时半会儿还不能归还遗体。”

“也就是说，有可能是他杀？”

“我觉得并非如此，因为酒店的房门上了锁，听说钥匙就放在床边。而且我也知道，老师之前就有乱用安眠药的习惯。”

“是药物依赖症……？”

千鹤原微微地摇了摇头：“倒是没有那么严重，老师只是最近比较憔悴。我猜是这段时间为了准备学术会议有点睡眠不足，出差回来应该就会好起来。”

“所以他想在重要的会议之前好好睡上一觉，才服用了大量药物？”

“那我就不知道了。虽然会议确实重要，也不至于这样……这又不像演讲一样要一口气讲几个小时。”

“那还真是有点奇怪。请问这次他要宣布什么成果呢？”

“是利用基因重组技术研究鱼类胚胎发育的成果。”

所谓胚胎发育，简单来说，就是从受精卵到形成胚胎的过程。从精子与卵子各自的DNA中创造出新的生命，具有极高的研究价值。

先不说这些，刚才千鹤原提到了“鱼类”。

“……是鱼，而不是和萤火虫相关的研究？”

“哎呀，您说是要采访，却完全不了解老师的研究呢。”千鹤原轻笑起来，把斋藤吓了一跳。

“我们正在研究一种身长五厘米的‘斑马鱼’。”

“斑马鱼”一词唤起了斋藤的某段回忆。他总觉得最近在哪里看到过这个词……

“这种鱼一般被用作观赏热带鱼来售卖，和日本的青鳉鱼一样常见。实验室就用这种鱼来观察从受精卵到幼鱼诞生的整个过程中脏器的形成。”

“可是，刚才你也说到研究中会使用萤火虫吧。”

“萤火虫并不是研究对象，而是研究使用的工具。我们用基因重组的技术，将萤火虫的‘荧光素酶’植入到鱼的受精卵中，这样有助于我们观察和分析。”

斑马鱼，基因重组，还有荧光素酶……像是打开了记忆的抽屉一般。对啊，在那篇文章里……

“所谓的荧光素酶……就是与萤火虫发光有关的物质吧？”

“没错。您很了解嘛。”

将萤火虫的一部分基因植入鱼的体内，创造出了自然界中不存在的生物。这就是千鹤原口中实验室的研究课题。

“那么，这种鱼……”

“身体的一部分能够发光。”斋藤沉默了，千鹤原再次露出微笑，“让鱼发光不是为了好玩。发光的目的是给鱼做上‘记号’，方便研究鱼的受精卵中的某种蛋白质。”

千鹤原说着，走到旁边的一块白板边。

"假定我们感兴趣的蛋白质叫'P'。"

她用黑色的记号笔在白板上写下一个P。

"我们通过基因重组技术将荧光素酶注入P中，这样就创造出了'能发光的P'。"

她说着，又用绿色的记号笔将P圈了起来。

"比如说，我们想要知道P在受精卵中的具体位置，它是集中在某个地方，还是散布在受精卵的各个部位？这时，我们可以通过'能发光的P'发出的光轻易地找到它在哪里。"

"原来如此。使用萤火虫的光是为了看到原本看不到的东西。"

"夜间行驶的时候，装了射灯的自行车与没灯的自行车，哪一种更容易被人注意到？我们就想达到这样的效果。"

"……也就是说，这种技术可以让鱼的全身也发光？"

听到斋藤的提问，千鹤原微微歪了下头，说："是可能的，但是从研究的角度来说，这样做完全没有意义。因为我们的目的是让有关物质变得显眼……这才是这项技术的巧妙之处。"

"您说得在理。那么实验之后，用基因重组技术处理过的鱼要怎么办？"

“结束实验之后，会把幼鱼全部杀死。这种鱼是不能存在于自然界的人工生物，不能在管理区域以外存活。”

“有没有可能被误放到外面？”

“我们会用高压高温进行处理，它们不可能活下来。”

“能让我看看实验室吗？”

“抱歉……对了，之前也有一个人突然跑来跟我们聊斑马鱼的事情。”千鹤原审视着斋藤，他不由得紧张起来。“那位先生该不会也和《阿皮耶》有关系吧？他为了证明自己是杂志撰稿人，还带了一本杂志过来。我记得是叫茧玉介子……”

“他以前的确是我们的撰稿人。他也来这里采访过？”斋藤装出平静的样子回答道。

“嗯。可他看起来一点都不像记者。他说自己住在镇子里，是听了老师的公开讲座才过来拜访的。”

“哦？长下部教授也举办过讲座吗？”

“老师负责上个月的讲座。讲的都是中学生也能听懂的鱼类繁殖的内容。茧玉先生当时也去听了讲座。”

“那你知道介子当时和教授聊了什么内容吗？”

“这就不知道了，当时我并不在场。”

“……茧玉介子先生现在失踪了，不知道您有没有什么线索？”

听到这里，千鹤原的脸色一沉："难道说，斋藤先生是为了这个，才来找我问东问西的？"

"……确实有这方面的原因。"

"您还真是会投机取巧。"

"如果让您不高兴了……"

"当然。对不起，请您回去吧。"

走出研究楼，斋藤找了个公共电话联系编辑部。这次接通得很快，编辑一接起电话，就开始抱怨联络不上他。

"等会儿再抱怨吧。下期杂志特辑的专栏是谁写的？"

"哎呀，难道您还要抱怨我们不成？是我写的，有什么问题吗？"

"你手边有原稿吗？念一下我听听。"

"咦？现在就读吗？天哪，这也太尴尬了。"

"赶紧读吧。"

"请稍等。嗯——其安全性以及向公众的科普情况暂时还不清楚。目前使用转基因技术制造的进口作物已经被广泛接受，但也仅限于蔬菜种植而已。使用转基因技术制造的动物，也已经开始被人类当成宠物饲养。

"原产于东南亚的热带鱼斑马鱼，因其体形较小，容易饲养，在观赏鱼市场颇受欢迎，唯一缺点是外形较为朴素。然而，人工制造的斑马鱼被注入了与发光萤火虫有关的荧光素酶，可以在黑暗中发出光芒——还要继续往下读吗？”

“不用，够了。”

给斑马鱼注入荧光素酶，怪不得感觉最近在哪里读到过。

千鹤原说过，让鱼的全身发光在研究上并无意义。然而，现在看来在经济上却大有价值。

“这只是传言吗？”

“并非如此。我们杂志的精神不就是‘现场验证’嘛。我还没有亲眼看到实物，不过我还会实地采访的。顾名思义，所谓斑马鱼是身上有条纹的小鱼，除了观赏用以外，还是实验常用的动物……”

“我知道。刚刚才听了专家的一番高谈阔论呢。”

“咦？是谁？”

“东斗理科大学的助手。”

“咦？东斗？难道是长下部教授那边的人？”

“嗯。”

“真让人惊讶！不愧是主编。环境局也在关注这个问题，不过他们判断来源是海外，而且现在是转基因生物话题的敏感时期，所以政府目前还在观望。但最近有消息称国内也有供给来源，所以政府只好采取行动。批发商听说了政府的动向，将消息透露给买家，制造者也有所耳闻……”编辑热情地喋喋不休，斋藤感觉自己的大脑终于冷静了下来。“……我好不容易查到了一点制造者的线索，真是让人吃惊。其实以前就有人说，大学里的研究人员和这件事脱不了干系。他又偏偏在这时死掉了，所以我想应该就是长下部教授。我可完全没想到，主编也在调查这件事……咦？难道不是这样吗？”

✲

斋藤打开了编辑部的门，编辑瞪大眼睛看向他。

“为什么您会在这里？”

“主编回编辑部，有什么问题吗？”

“可白大给您打电话时，您不是还在北海道吗？”

“我坐飞机回来的。”

斋藤打开自己桌子最底下的抽屉，取出放在文件下面的信封，收进包里。

“你那里有长下部教授的论文吧，给我打印一份，我要在车上看。”

“倒是可以……您又要出门？”

“我要坐北斗星号列车去北海道。”

“咦？”

编辑张口结舌，目送着斋藤冲向上野车站。

✻

五月三十一日，星期五。早上从函馆站换乘普通列车，二十五分钟后，斋藤在无人车站下了车，径直来到车站前的旅馆。

“哎呀客人，您不是回东京了吗？”

“我要再住一晚。”

随后，他问旅馆借了电话，再次叫了出租车。来的出租车司机还是那一位。

“谢谢您再次叫车。还是去之前那个地方？”

下出租车后，他在介子家中稍作准备，然后拿着捞网走进水田，弯着腰慢慢走着。找了两个小时，他终于抓到了一只鱼，把它和介子照片中的鱼对比了一下——是同一种鱼。他将鱼和水一起装进玻璃瓶，回到介子家中歇了一会儿。然而，他一躺下，就再也站不起来了。

他平时坐卧铺列车都不怎么睡觉，此时却不知不觉陷入了深眠，等他醒过来时，已经又过了两个小时，该走了。他再次叫了出租车，去往东斗理科大学。

在进研究楼前，他去了动物冢，对着石碑双手合十。那块崭新的慰灵碑孤零零地立着。这片做了简单修整的地面上，甚至连杂草都没有。

他去了昨天的房间，千鹤原似乎正在那里收拾东西。

“您怎么又来了？”

“你在整理长下部教授的资料吗？”

“不，这是我的东西。只靠助手是无法支撑一个实验室继续运转的。我要离开这里了。”

“其实我今天来，是想要说些让您不高兴的事。”

她的目光停留在了斋藤手里的玻璃瓶上。

“这是……斑马鱼吧。”

说到这里，她脸上的阴霾消失了，反而露出了彻底死心一般的平静表情。

“今天实验室有学生在。我们去教授的房间吧。”

教授的房间拉着百叶窗，有些昏暗。书架对面的桌子两侧分别摆着一张沙发，旁边还有一个冰箱。千鹤原打开日光灯，关上门，马上问道：“这条鱼是从茧玉家拿来的吗？”两个人就这么站着聊了起来。

“是我亲手抓的。”

“那还真是辛苦你了。”

“介子也带来过同样的鱼吧？”

“没错。”

“千鹤原小姐知道……介子和教授到底说了些什么吗？”

“老师和我说了大概情况。”

“我想，介子在水田中发现这条鱼时应该非常震惊。本应该生活在东南亚的热带鱼居然出现在了这里。所以他想到，这肯定是人工饲养后又丢弃的。”

所以那时介子才会突然变得不太对劲——

“也许他那时并没有意识到事情的严重性。热带鱼不太可能在北海道过冬和繁殖，放着不管它们很快就会死掉，这里的生态环境也不会受到影响……然而，他发现这鱼并不只是外来物种，决定要调查一番。”

所以他才请飞蝗去买了胶卷——

斋藤走近窗子，拉起厚重的百叶窗帘，而后走到门边，关上了日光灯。他将玻璃瓶递到千鹤原面前。

“这样如何？”

“这样……怎么了？”

一条影子般的鱼，漂浮在昏暗的水中。

“我也下了点功夫，去读了相关论文。萤火虫的荧光素酶本身并不会发光。它需要与另一种物质进行反应，才会产生发光现象。”

千鹤原的表情再次阴沉下来。

“这两种物质在萤火虫体内合成，才产生了荧光效果。然而，在基因重组过的鱼类中，只有斑马鱼才能进行这样的合成。”

鱼跳动了一下，瓶中的水也摇晃了起来。

“也就是说，为了让这种鱼发光，必须要从外部给它注入另一种物质。请告诉我，该怎么做？”

千鹤原轻哼了一声，也不知那是一声叹息，还是一声浅笑。她打开桌边的冰箱门，从中取出了一个小指甲大小的容器，握在左手中。

“它马上就会化掉的。”

接着，她从桌下的抽屉里拿出了用来提取少量液体的移液器，把它的前端放在容器上。

“这种液体，就是你刚才所说的另一种物质……这其中含有‘荧光素’，能够和荧光素酶产生反应，发出光来。”

她将移液器的滴管插入容器，用大拇指按压着，像给钢笔吸墨一样从容器中吸取液体。

“请您打开盖子。”

斋藤按她所说的打开了玻璃瓶的盖子。千鹤原将刚才提取出的微量液体，滴到了水中。斑马鱼很快便发出了绿色光芒，刚开始还比较微弱，后来光越来越亮。

“这……真是太厉害了。”

“因为鱼会不断地将水吸入体内。”

介子在水田中看到了这样的光。他看到发光的鱼在水田中游来游去。

“介子参加过长下部教授的公开讲座，推测也许鱼就是从他的研究室中流出的基因重组生物，但是他并不知道鱼是如何流出的。其实，连我也不知道。”

“是我们在讲座上发给参加者的。”

“咦？”

“我们给上个月来参加讲座的孩子们送了斑马鱼。它像青鳉鱼一样，有助于学习理科。”

——学校会送给小学以下参加讲座的孩子小龙虾。

斋藤想起了飞蝗说过的话。

“当然，我们并没有打算赠送转基因的斑马鱼。我们准备的是市面上卖的观赏用斑马鱼，但是好像拿错了。恐怕是实验室的学生搞混了。”

“有的孩子拿到了鱼，可能是家长不让在家里养……就把鱼放生到了介子的水田中……”

“也许吧。”

“可你不是说过会严格管理实验生物吗？这些实验生物应该被关在特定区域内吧。”

“管理区内饲养了一大堆不知道是什么用途的实验鱼，学生们可能也搞不清楚。其实他们对于转基因生物的处理还是非常严谨的。”

“……”

“这些鱼度过幼鱼阶段之后，长下部老师将它们作为专用的实验材料移送到了普通的实验室，在贩卖之前就一直放在那里，没有出过任何问题。也许他是因此而大意了。”

千鹤原关掉日光灯，打开窗帘。瓶中的鱼已经不再发光了。

“你们没有考虑过把鱼收回来吗？”

“我们无法给出回收的理由。就像你刚才看到的，想要让这种鱼发光，就必须要从外部给它注入荧光素。我们当时判断……如果拿到鱼的人正常饲养，它们和普通的斑马鱼并无区别。放着不管，也不会有被发现的危险。所以当茧玉发现这件事时，老师不知道他是怎么发现的，非常不安。”

“现在那些用于贩卖的转基因鱼呢？”

“这里的东西都被销毁了。其实有传闻说，环境局要来进行调查。那些鱼，还有实验笔记，以及交易的账本，已经全部都被处理掉了。”

“也就是说，已经没有证据了吧？”

“确实如此……”

千鹤苦恼地看向玻璃瓶中的鱼。

“……其实，我只是在老师的命令下做些辅助工作而已。我并不知道自己会被当成帮他赚取不义之财的工具……要是被追究责任，也算是罪有应得。”

“可如果被调查的事情传出去，对于研究人员的伤害也很大吧？”

听到这里，千鹤原的嘴角绽开了笑容。

“我马上要结婚了。之前我男友就希望我辞去工作，我还有些犹豫，这倒是个不坏的契机。”

“……你完全不觉得自己做了坏事啊。”

“因为国家已经批准了转基因作物的进口，虽然有可能污染自然界的遗传基因，但事实上，法律却并没有对其进行规制。在没有相关法律的前提下，我们的行为并不算是犯罪……可明明是这样，茧玉将鱼拿过来之后，教授却怕得几乎无法入睡了。听说自己可能会被政府调查，他便自杀了……老实说，我没有想到老师会如此胆小。”

千鹤原从鼻子里发出了嘲讽般的笑声。

“教授社会地位这么高，为什么会做出这种事弄脏自己的手？”

"老师是最近一段时间才在国内得到认可的。他五十五岁才成为教授，绝对称不上快。老师选择斑马鱼作为研究材料，虽然这种鱼在各地研究中很常见，但日本的研究者更习惯使用青鳉鱼。也就是说，国内小型鱼类的权威研究者中，使用青鳉鱼的人占大多数。"

"学术界也有派系之争啊。难道他因为这个受到了冷遇……？"

"这也可能是老师的被害妄想。"她继续说道，"就在他苦于研究经费不足的时候，有买方联系上了他。他因此拿到了宽裕的资金，但等他想脱身时，对方却威胁说要告发此事。"

"你刚才说，教授是自杀。"

"警察似乎更倾向于将此案认定为意外。今天早上，老师的太太联系过我。"

"可是，你觉得事实并非如此。有什么根据吗？"

"老师告诉过我该如何处理他的遗体。"

"什么……真的吗？"

"那天晚上，他在旭川的旅馆给我打了电话。我马上就知道，那时他已经服下了安眠药。他一直在嘀咕着什么，声音听起来很奇怪，我一句也听不清。不过我还是听到，他让我'把尸体埋在动物冢中'。"

“……是那个慰灵碑吗？”

“我认为他当时在药物作用下无法正常思考了。这种事，我根本办不到。”

在昏暗的房间里，她最后发出的笑声听起来像是呜咽。

傍晚，斋藤和千鹤原聊完后回到旅馆，老板娘说他的同事给他打过电话，请他尽快联系茧玉介子家，号码是013……他急忙拨过去，飞蝗接了电话。

“啊，斋藤先生！太好了。你已经回旅馆了？”

也不知是不是因为兴奋，飞蝗的声音有些不自然。

“嗯，刚回来，我去了趟大学。”

“出大事了。茧玉先生好像回来了。”

“啊？”

“可是，他又走了。这次真的不见了。”

斋藤马上叫了出租车赶往介子家（这趟旅行真是浪费钱！）。飞蝗一直在门口等着，一见到他就连声催促，带他走进起居室，只见桌上放着一张纸。

“茧玉先生回来过一次，写下了这个，然后又走了。”

斋藤拿起这张方方正正的纸，看到里面横着写了两句话。

三年来 / 谢谢你

纸上这样写着。

“这是茧玉的字，我一看就知道。”

“三年来……你和介子的确认识了这么久吧？”

“是的……为什么……为什么啊……”

斋藤决定将和千鹤原的对话告诉飞蝗。他尽量放缓语速，细细道来。不然，飞蝗恐怕理解不了介子消失的理由。

“五月十日，介子以采访为由，带着他在水田里抓到的斑马鱼拜访了实验室。”

这便是为什么第二卷底片中会出现长下部教授的照片。

“可是，教授不承认那条鱼是从实验室流出的。虽然介子坚持自己的想法，但如果不给鱼注入荧光素，鱼便不会发光，看起来就只是条普通的鱼，自然没有办法拿这个逼问教授。而之前他在水田里拍到的照片模糊不清，也不能当成证据。”

第一卷底片中的黑色照片就是要拍这个，但拍坏了。

“但是既然已经抓到了鱼，就还有机会证明真相。再加上政府已介入调查的传言，教授的精神已经接近崩溃。

他在不安中服下大量安眠药，陷入了中毒状态，死前，他联系女助手，要她把尸体埋在动物冢。然而，这只能证明他摄取了过量的药物，不能表明他是自杀。事实上，警方也的确认定这是一起意外事故。”

同样都是死亡，自杀和意外身亡完全是两种性质。斋藤不想让飞蝗认为教授是因为介子才自杀的。

“茧玉最开始为什么消失？”

“介子准备独自去调查发光的鱼。他分析了鱼的DNA，如果能从中找到萤火虫的基因，就可以证明这是转基因生物了。介子应该是想找之前为杂志撰稿时认识的人帮忙，也许他是因为遇到了困难，所以才很久都没回过家。”少年是否能明白自己的推断？斋藤用尽浑身解数，继续解释道，“他当时准备曝光本地大学的丑闻，所以很难告诉你究竟是怎么回事，只是默默离开了家。春日祭那天，你说发现了萤火虫时，他表现得那么冷淡，也是不想让你发现发光鱼。这么一来，就都说得通了。”

“那茧玉先生今天怎么回来了呢？”

“他听说了教授的死，回来确认是否属实。”

“可为什么又走了？”

“介子认为，自己将教授逼入了绝境，导致了他的死亡。这一次，介子将自己逼到绝境，想要逃跑了。”

“怎么会这样……”

少年的目光，落到了白纸上那短短两行临别赠语上。

“可是，介子一定还会回来的。你看，他也没有收拾过家里的东西。他之前离开东京的时候，可是把房间全部清空了。所以我想，他应该还会回来的，只不过在那之前，还需要等上一段时间。”

少年紧咬着嘴唇，思索着斋藤的这番话，然后轻轻点了点头。看到对方接受了自己的说法，斋藤终于松了口气。

“在他回来之前，这里的房租要怎么办？”

“嗯……我来替他付吧。”

“他的独角仙呢？”

“能不能麻烦你帮忙照顾？介子一定很信任你。我也会研究研究。”

“我知道了。”

“还有一件事……明天要不要一起去插秧？大棚里的幼苗总得有个去处。介子想让萤火虫回来的梦想，已经实现了一半。种田这另一半，我们来实现吧。”

听了斋藤的话，飞蝗露出了茫然若失的表情。

“萤火虫……回来了？”

“你想想。介子在水田中发现了发光的鱼。而你和我也看到了同样的光点。但是鱼要发光，就必须从外部摄入荧光素。水田里出现了这种化学物质……只有一种可能吧。”

飞蝗的脸上又显出了光彩。

“水田里有携带荧光素的生物。鱼吃了这种生物，所以发出了光！”

“因为时间原因，萤火虫应该还是蛹或幼虫。但是，哪怕并非成虫，它也能发光。也就是说，携带荧光素。‘萤火虫计划’已经成功了。”

第二天是周六，天气非常晴朗。两人约好早上九点在水田碰头。

他们从大棚中取出幼苗，看到里面正开着黄色的金盏花。那是去年飞蝗和介子种菜时一起种的，今年也盛开了。飞蝗告诉斋藤，这花是用来除虫的。似乎已经有人移植过一株，地上只剩下被挖掘过的痕迹。

天气燥热，两个人在水田中打打闹闹，参考《阿皮耶》杂志（之前刊登过农家种植稻米的特别报道），算上休息时间，两个生手花了差不多两个小时，累到腰酸腿痛，才好不容易将幼苗种好。他们打算以后也常抽空过来看看。

“总算在中午前弄好了。”

少年沾了一脸泥，露出了笑容。

“嗯，我去叫出租车。”

该去赶火车了。

斋藤要坐十一点四十五分出发的普通列车前往函馆。他在发车前五分钟赶到车站，那里已经没有乘客了。站台上贴着小心用火的标识以及东北旅游的宣传海报。车站上有个拆掉了烟囱的暖炉，两个人围坐在暖炉边的椅子上，正对着无人检票口。不知不觉手表秒针正好走过了一圈，这时，飞蝗突然不好意思地问：“当杂志撰稿人很难吗？”

“你想当撰稿人？”

“有点想。”

“如果你长大以后还想做撰稿人，就来找我面试吧。”

“你会帮我想笔名吗？”

“现在这个不好吗？”

“这是我之前随便起的，已经后悔了。”

“啊哈哈，好吧。不过你的本名很少见，不如直接用真名？你的名字是人字头的全吗，还是……”

“是泉水的‘泉’。”

“嗯，还是用本名比较好。”

“我的名字里带水的元素太多了。又是鱼，又是泽，又是泉的……”

"不，'觚泽泉'这名字很不错。我还是建议你用本名。没事，这个可以慢慢想。反正还有大把时间嘛。"

差不多该……斋藤说着，站起身。飞蝗从包里取出了一个塑料袋交给斋藤，说："我差点忘了！应该好好谢谢您。"

"谢什么，你太费心了……是点心吗？"

"这是大福。请您在车里吃吧。"

"谢谢你啊。本来白天想请你吃饭的，结果根本没顾上。"

斋藤穿过无人检票口，走到站台上，回过头。飞蝗规矩地站在检票口前，身后是车站的玻璃窗。透过窗子，能够看到之前他住过的旅馆，还有褪了色的新干线牌子。上面龙飞凤舞地写着"争取早日建成北海道新干线！"。

列车从山脚的弯道驶来。

"斋藤先生，我忘了一件重要的事。"

"什么？"

"介子当时对我说……如果我出了什么事，请你联络斋藤先生，告诉他：'托你的福，我活得很开心。'"

"什么？"

"茧玉先生之前让我转告你。"

"……"

“茧玉先生曾经说，‘还好那时主编骗了我’。”

“我……骗了他？”

“斋藤先生曾经说，他会成为一个优秀的撰稿人。茧玉先生当时回答自己讨厌说谎，可是哪怕这样，你仍然好心地骗了他，这让他想更勇敢地做出尝试。不管他失败多少次，你都会帮他兜底。”

“我说过这种话吗？完全没印象了……”

“是在酒馆吵架那天晚上，他把您送回家的时候。”

……那天晚上？一点也不记得了……

“他当时说：‘我不想背叛斋藤先生。可是，我能力不足，早晚会让斋藤先生失望……因为害怕这一点，所以我逃走了。’”

广播没有响起，列车安静地驶入站台。

“斋藤先生，这次真的太谢谢您了。”

少年深深地鞠了一躬。无法言说的情绪涌上心头，斋藤一时间不知该说些什么。

“我没事的。”少年叉开双腿站在检票口前，“昨天我想了一整晚。我还是想找到茧玉先生。”

少年直率的目光冲击着斋藤的内心。他无言以对。

“您还会再来吗？”

“当然。秋天我就来收米。阿泉要不要来我这里玩？

你来过东京吗？”

“麻布十番！”

“啊哈哈，好啊，就去那里。”

车门开了，少年用力地挥着手。

“茧玉先生说得没错，斋藤先生确实是个温柔的人。”

“不是这样的，我并不温柔。我……”车门关闭，打断了斋藤的话语。

列车出发了，很快就把车站抛在后面了。车厢内很空。斋藤到包厢坐下，打开从旅馆带出来的早报。

1996 年 6 月 1 日。

市民团体要求，今年年底开始给进口转基因作物贴上标签。

调研显示，民间手机普及率已超过 20%。

政府正在商讨延长东北新干线以及建成北海道新干线一事。

以研究荧光素闻名的某某日本人，发现水母的荧光蛋白质，目前备受关注——等等。

窗外是东斗理科大学的砖红色建筑物。他折好报纸，从包里取出望远镜看去。石碑旁已经开出了花朵。明明直到昨天，那里还连根杂草都没有……

不，不对——

那并不是土里开出的花。他意识到，那是有人供奉的鲜花。是鲜艳的黄色金盏花。

斋藤的心跳加速了。在大棚中，有一株金盏花被挖了出来——

这时，他的目光停留在了车窗边飞蝗给他的东西上。它的包装纸皱皱巴巴，不像是店里包的。打开一看，里面的确有个大福盒子，底下则是一张折了四折的白纸。斋藤慢慢打开了它。

三年来 / 谢谢你

斋藤看到介子的字，大受冲击。他深深地靠进椅子。

飞蝗看破了我的谎言——报纸从他的膝盖上滑落，掉在地上，发出了一声轻响。

斋藤得出的结论是，茧玉介子已经不在人世了。

长下部对于介子的存在非常不安，于是亲自联络了介子，让他在五月十二日，也就是周日春日祭那天晚上来自己的实验室。当时他以说明鱼的事情为借口，把介子叫了出来。但实际上，他真正的目的恐怕是用钱封住介子的嘴。然而两人话不投机，长下部最终杀害了介子。这也是他憔悴失眠，滥用药物的原因。

在旭川的酒店中，长下部在意识模糊之时留下了一句话。千鹤原听成了“把（我的）尸体埋在动物冢”，以为这是教授的遗言。然而，斋藤却另有解释。在他看来，这句话的真正含义也许是，“（我）把（介子的）尸体埋在动物冢”，这是他对自己罪行的坦白。

从照片可以推测出，介子第一次拜访研究室时，动物冢的地基还没有建完。那么，到了介子被杀害的五月十二日，那里划分出来的内侧区域应该也挖得动。完全可以将那块地挖开，埋下介子的尸体。

那周围立着塑料幕布，正好能避人耳目。如果是在晚上动手，哪怕是外行也能将土重新铺好。不久后，上面会盖上石头和水泥，不会有人再次掘开慰灵碑的坚固地基……

千鹤原曾经说过，教授是听说政府要调查他的传闻才自杀的——然而，不仅仅如此。她并不知道，长下部的死亡背后，还有另一起命案。

少年像倾慕父亲般倾慕介子，斋藤实在无法说出自己的推理。他只能半真半假地告诉少年，介子是活着离开的。

因此，他留给少年的是五年前介子写下的那张纸条。装纸条的信封他一直放在编辑部书桌的抽屉里，一次都不曾打开过。斋藤正是为了取它，才坐飞机返回东京。

坐卧铺列车返回北海道后，他先去了介子家，将第三行的敬语部分裁切掉，做成写给少年的样子，把纸条留在了桌上。然后，他去水田中抓了斑马鱼，又去了东斗理科大学。

就在斋藤与千鹤原见面时，飞蝗来到介子家，发现了斋藤故意留下的纸条。当时他还以为计划进行得很顺利。

然而，少年发现了真相。裁得方方正正的纸条，下半部分的剪裁痕迹，以及急急忙忙返回东京的斋藤……这些不自然之处暴露了他的计划。

茧玉介子已经不在人世了——经过整晚的思考，少年接受了这一事实。他和斋藤同样推理出了尸体的所在之处。他意识到，是时候说出介子最后的话了。如果我出了什么事……

可是他还是无法扮演一个听话的好孩子。

——我还是想找到茧玉先生。

少年最后这样说道。那并不是他的愿望，而是他的恳求。

斋藤思考着。自己该怎么假装介子还活着？难道他要安慰自己，他不能挖开石碑，加害者也已经死去，这一切全都是他的想象……所以只能假装无事发生？他真的用这温柔的谎言拯救了少年吗？

但这说到底还是欺骗。到最后逃避的人反而是自己。这和五年前不也一样吗？

当时，他但凡花点心思就能找到介子的下落。然而，斋藤甚至没有向邻居和公寓管理员打听搬家公司的名字。介子是因为自己才失踪的——他是这么想的，所以才没有去寻找介子。

他无视自己伤害了介子的事实，一想到和好还要花费时间和精力，便责备对方总给自己添麻烦，不知感恩，宁可把自己当成受害者。

他肯定也并不想见到我，那不如两个人就此别过吧——五年前，他也是这么想的。

这次必须要找到介子。

斋藤下定了决心。要找到能够说服警方挖掘慰灵碑的证据，并非易事。介子家，还有长下部的实验室，以及千鹤原的记忆中，还有其他线索吗？

他想在下一个车站下车，马上调头回去。然而……

没有遗体。为了让警方相信自己，必须要倾尽身为记者的所有。这并不是一朝一夕之事。为此，他要先回到东京，做好万全的准备。

斋藤想起了编辑部的同事们。要让谁来担任第三任主编呢？如果明天到杂志社告知大家自己即将卸任的消息，他们会露出怎样的表情？想象着这一幕，他差点笑出来。

——我没事的。

此时，他回忆起了少年叉开双腿站在检票口前的样子。

这个瞬间，斋藤想大声地喊出少年和介子的名字。他打开车窗。北海道没有梅雨天气，窗边吹过清爽的风，将他的头发拂起。

直到现在他才意识到，哪怕只是为了好玩也不要紧，只要做想做的事就好。《阿皮耶》能让介子随性生活，这已经是一件值得自豪的事了。

眼前的景色清晰起来，小镇的轮廓则渐渐模糊。介子的家，车站前的旅馆，还有慰灵碑，以及那里供奉着的黄色金盏花，已经远到看不清了。尽管如此，斋藤也依然觉得，泉应该还在那里。他拿着望远镜，一直张望着。

撒哈拉以南之蝇

“请您打开行李箱，让我们看一下。”

江口海从肯尼亚的内罗毕机场出发，经由阿联酋迪拜，飞行了约十九个小时，却在成田机场被年轻的海关职员拦下了。

其实，之前他也预想到了这样的情况。他的络腮胡几乎遮住了嘴，充血的双眼呆滞地看着前方……头发像铁丝一般生硬地打着卷，吸入了祖国的湿气后，像活过来了一般。再加上他从海外回来时带的行李确实比较多，引起检查员的注意也不足为奇。虽然已经有了心理准备，但江口还是很想拒绝。

“怎么了？”

“最近是严格管控期。”年轻的检查员不高兴地回答，表情却没有什么变化。

“您好像并没有这样要求其他乘客吧？”

“请您配合。”

“是从我的外表判断我会带着什么违法的东西吗？”

“我们只是走个形式。”

此时他的背后已经排起了长队，有人似乎故意叹了口气。江口也故作夸张地叹了口气。这里的人都既疲惫，又焦躁。

“我知道了。”

他将登机箱放到台子上，摊开了箱子。检查员翻开衣服，一只黑色的公文包露了出来。

“请打开这个包。”

动手翻了衣服，却让自己打开这个包。江口沉默地打开包，对方的脸色变了。

公文包的内侧，装着十个像是用来装药剂的透明玻璃小瓶。每个瓶子里都装满了细小的白色球体。

检查人员的喉结剧烈地上下起伏着：“这白粉是？”

“这不是粉，只是塑料泡沫……这是用来缓冲的，真正重要的东西在这里面。”

他取出一个瓶子，放在手掌中轻轻地摇动着。泡沫颗粒像液体般开始流动，其间埋着一个不到一厘米的茶色蛹形物体，只能看到一部分。蛹状物泛着光泽，一眼看上去像是块小石头，这是江口从非洲带回来的唯一特产。

“这是什么东西？”

“是苍蝇。苍蝇的蛹。”江口若无其事地说道。

“苍蝇……你说的是那种虫子吗？”

他不由得笑了起来。还能是哪种苍蝇？“嗯，是的。”

“这是……标本吗？”

“不是，这是活的虫蛹。”

“你向动植物检疫处申报了吗？”

“不，我认为没有这种必要。”

“……请跟我去别的房间确认一下。”

“这并不是什么危险的生物，只是用来搞研究的。我是医生。”

“医生？”检查员的眉头皱了起来。江口也知道，自己看起来一点也不像是医生。

“总之，我们要换个房间详谈。”年轻的检查员向稍远处的检查员使了个眼色，对方走过来交接。

“我觉得这是在浪费彼此的时间和精力。”

“好了，这边请。”

看来不能再激怒对方了。江口也厌倦了嘲讽年轻检查员。

他顺从地跟着离开，这时，背后有人喊他的名字。“江口先生？”

他吃了一惊，有些疑惑。而后他停下脚步，回头看去。一个男人正张大嘴看着他。江口的视线被这个男人吸引了。

不用想就知道是谁。除了皮肤晒得黝黑之外，对方的样子一点都没变。

“……鲂泽。”他叫出了十几年未见的旧友的名字，就这么站在原地和对方随意地攀谈起来，“你之前一直排在我后面？”

“嗯。我还以为招你烦了，所以你要去别处呢。”

居然还有心情开玩笑……不，也许他说的是真心话。看来他一点也没变。

“也就是说，我们是搭乘同一航班……？”

鲂泽的行李箱上贴着“从迪拜国际机场出发，巴尼亚斯航空 BZ606 次航班”的标牌，看来也没必要问这个了。

“你什么时候认出我的？”

“就是刚刚。你被带走的时候，我看到了你的侧脸。以前你的头发可没有这么乱。”

“喂，赶紧走吧。”检查员扯着他的手腕说道。

“你知道跨国医生吗？”

“啊？”

“有空的话可以搜索一下。”

魞泽点了点头，似乎想到了什么，又抬起了手：“对了！江口。”

“怎么了？”

“刚才的苍蝇！该不会是舌蝇吧？”

江口愣了一下。“你这家伙，”他笑了起来，“少从后面偷看！”

魞泽果然一点都没有变。

他和魞泽是大学同年级同学，在学生宿舍相识。

这个宿舍采取的是现在很少见的学生自治模式。男生宿舍共三栋楼，每层为一区。

两人虽然院系不同，却在宿舍的同一区一起生活了两年。江口是医学生，休过一年学，因此他的年龄比魞泽大一些，不过这并不影响两人相处。

学生宿舍没有单人间，全部都是双人间。原则上是学长和学弟同住一间。

入学时，江口宿舍的学长已经是经济学系的七年级学生，拖欠了一年半的住宿费。自治委员会每个月都会给他们宿舍贴两次催缴单。他深夜会去牛肉饭馆打工，除此之外一直待在宿舍里。不打工的日子，他也会带一堆便当回来，边吃边开大音量看电视。

另一边，魞泽的室友则是个神秘人物，忙于乐队活动，晚上就睡在他的经纪人兼恋人的女生公寓里，基本见不到他的人影。

因此，江口便自然而然地常去魞泽的宿舍串门。宿舍里是上下铺，晚上江口就躺在放着吉他盒子的下铺，和上铺的魞泽夜谈。不过基本上都是江口一个人在说，魞泽只是偶尔插话，要不就是睡着了。然而，每当提到那些在地上到处爬的虫子（蚂蚁、蜘蛛、蟑螂、蚰蜒等）时，他就会从上铺探出身子，喋喋不休起来。

他们经常在宿舍里看到一只红色小蚂蚁。有一次，它钻到了电热水壶里，顺着壶嘴和热水一起被倒了出来，成了泡面里的配菜。当时魞泽告诉过他，为何蚂蚁会有这样的自杀冲动，但是现在他已经不记得了。他们的房间没有电视机，只有广播低声响着。

这样的生活持续了两年，随后，江口离开宿舍，开始独立生活。两人因为院系不同，在学校里几乎没有见面的机会，也就渐渐疏远了。然而，两个人并没有为此惋惜。江口当时刚刚谈了恋爱，也正是因为这样，他才不顾紧张的生活费，另租了公寓。

机场重逢后两个月，十二月下旬，从事国际医疗支持的公益组织“跨国医生”（一般被称为“MFF”）的日本事务局转给江口一封来自觥泽的邮件。

信件开头对这么晚才联系他表示抱歉，对在机场先行离开道歉，接下来又为自己难看的手写字道歉，然后谈到了自己对江口的变化作何感想，最后才提了一句：“最近能见个面吗？”江口犹豫片刻，还是当天回复了邮件。

这之后，两个人又邮件交流了几次，终于，二月初的某个工作日，觥泽来到了江口的诊所。

说是诊所，实际上却在长期歇业中，也并没有打算再次开业。当然，这里除了江口以外，也没有其他职员上班。现在这家诊所只能算是摆设，最近他在考虑要不要干脆把门口“江口心内科”的牌子撤掉。

“因为你要来，我赶紧修剪了头发和胡子。哦，不用脱鞋。”

“真的修过吗？我可完全看不出来。而且你的眼睛还在充血呢。”

两个人出了小小的接待室，沿着长长的走廊，来到第一个房间。那里之前是诊室。

“我的眼睛和皮肤都被非洲的太阳晒伤了。你看起来完全不晒太阳嘛……还是和学生时代一个样子。”江口说着，打开了灯。

“把百叶窗放下来，也是为了保护眼睛吗？”

“附近的人会看的。医院休业了好几年，医生突然回来了，他们都挺好奇的。”

魞泽提着白色的蛋糕盒子。

“来这儿还拿什么东西。”

“你不要的话，那我可就全吃了。”

盒子里装着四个大大的巧克力泡芙。江口看到就感觉胃里发腻。回想起来，这家伙一直喜欢吃甜食。以前宿舍里会有那么多蚂蚁，说不定就是因为这个。

“你坐吧，我去冲杯咖啡。咖啡机时隔三年重新接通电源，居然还能用。”

“我还是更喜欢手冲咖啡。”

“你真的能尝出甜味以外的味道？”江口说着，出门在拐角处左转，走进茶水间。还剩一些咖啡豆，他挑了埃塞俄比亚的浅烘博卡索豆，粗粗地研磨了几下，然后用不到九十度的热水慢慢冲入杯中。

他回到诊室，将转椅面向魞泽，坐了下来。

“麻烦你了。”

“没事。仔细一想，这咖啡挺适合早上喝的。”

“可现在已经十一点了。”

魞泽尝了一口咖啡，味道与颜色都有些淡，这让他露出了惊讶的表情。

“有点像西印度樱桃的酸味。”

“你很懂味道嘛。不过这个和巧克力泡芙恐怕不怎么搭……”

“那喝完这杯，就麻烦你再冲杯意式浓缩吧。”

“只要按个按钮就行。你随便冲。”

“哈哈，行啊。”

两个人沉默地喝着咖啡。旧诊室里，只有墙上挂着的时钟在响。江口回国之后为时钟换了新电池，但没调指针，时间还是错的。不过，他知道和正确的时间差了多少，所以这个时钟也还能用。

江口打量着鲂泽，发现他的衬衫领口处挂着一条银项链。这让他有点意外，鲂泽竟然还有如此闲情雅致。

“你在非洲的那段时间，这里的房子是怎么处理的？”

“我住的公寓已经退租了。”

“那现在你住哪儿？”

“就住这里。倒也算不上是住，只不过是在这里睡觉而已。”

走廊尽头的茶水间正对面就是休息室和浴室。

“本来是要给员工当福利，现在反而派上了用场，还算幸运。开业的时候几乎没人用过。”

“那吃饭怎么办？”

“在便利店买速食。有热水就行了。”

长时间无人留守的医院里弥漫着霉味。这让魞泽想起了以前的学生宿舍。

“对了，在机场时真是不好意思。”魞泽说道，“我本想在海关出口那里等你的……”

“不，还好你没有等我。那时我必须得去 MFF 事务局，没有时间细聊。”

“你是什么时候成为跨国医生的？”

“我是八年前，也就是 2011 年登记的。之后在印度尼西亚和土耳其各支援了一年，2013 年去了非洲。”

“是非洲的哪里？”

“刚果、中非，乌干达……最后三年在南苏丹。那里建国还不到十年，算是个全新的国家，刚结束长期内战从苏丹独立出来，现在仍然很混乱。”

因为频繁的战火与暴乱，不少南苏丹人被迫背井离乡，数百万人成了难民，或者在国内流亡避难。MFF 的南苏丹项目组将医疗队送至多个国内避难地区，一般来说，江口每半年就会更换避难营，继续开展医疗工作。

“我最后去的地方，是南苏丹首都朱巴市以北大约一百公里的白尼罗河沿岸避难营。”

"你的任期好长啊。"

"因为我申请了好几次延期。"

任期于去年十月结束。江口向位于肯尼亚内罗毕的MFF东非运营总部提交了总结报告，然后从迪拜转机，回到了阔别三年的祖国。

"我在当地主要负责感染病的诊断、治疗，以及相关的研究工作。你喜欢的那些昆虫，还真是给我添了不少麻烦。"

"通关时海关人员重点检查的舌蝇，就是其中之一吧？"

"这种昆虫是非洲昏睡病的唯一传播媒介。"

非洲昏睡病。

这种疾病多见于撒哈拉沙漠以南，初期症状是头疼、发热，很快就会出现特征性的颈部淋巴结肿大。

随后，疾病会侵入中枢神经系统，引发脑炎，使人嗜睡。如果不及时医治，病人会就此死亡。

这种疾病正是江口在当地的重点研究课题。

"病原体是原虫吧？"

"嗯。直接病因是一种叫作'布氏锥虫'的寄生虫。"

所谓的"原虫"，最初是指像草履虫那样的单细胞微生物，最近则大多用来专指"单细胞寄生虫"。

布氏锥虫是一种约0.03毫米长、如水蛭一般细长的纺锤形原虫。它还分为多个种类，而其中的两个异变种是非洲昏睡病的病因。

基本上，这种病感染人的方式只有一种。

那就是被体内宿有寄生虫的舌蝇叮咬。

也就是在蝇虫吸血之际，寄生虫通过蝇的口器进入人的身体，使人感染。

江口去的非洲国家都是昏睡病流行的危险地区……换句话说，舌蝇在那些地方很常见。

“那你又是为什么要去迪拜？”

“我是从埃及回来的。”

“是跟我一样，在迪拜转机吗？”江口总觉得䱇泽与迪拜这样的石油大国有些格格不入，“你去了埃及哪里？”

“南部，阿斯旺附近……”

“哦？是阿斯旺大坝附近吧，那里有什么珍稀昆虫吗？”

“不，我是去探访朋友的故乡。”

江口没料到他会这么回答。“你还有中东的朋友？”

“我们相处的时间很短。”

“很短？”

“认识不久后，他就在日本去世了。”

江口一瞬间不知该如何作答。

“所以，你才要去拜访他的故乡？”

“是的，我想亲眼看一看他出生的土地。”

“朋友的死会让人非常痛苦。”

“哪怕是已经看惯生死的医生，也这么觉得？”

“不管是不是医生，任何人都难免见证死亡。但没人能习惯这种事情。”

江口拿着两个杯子起身，这次他用咖啡机冲泡了意式浓缩。埃及两个字又让他突然想起了什么。

“对了……非洲的昏睡病出现在撒哈拉沙漠以南地区，但是据说这种病古时曾在埃及流行过。因为尼罗河的恩惠，那里不仅人类生活繁荣昌盛，昆虫也十分繁盛。”

“毕竟是曾将蜣螂奉为神的地区。”

“在我看来，自然环境的确是文明基石，但同时也会破坏文明。泛滥的河水，传播疾病的害虫，以及隐藏在黑暗中的猛兽……人类往往会把这些威胁纳入自己的思想之中，因此，各种虫类与动物形象的神便诞生了……”

“你的意思是，人类并非只是简单地敬畏与崇拜自然，在某种意义上，也会将其归入自己的文化。”

“听说在古埃及，有国王为炫耀权力建起了动物园。”

“和江口君聊天，总是能有所收获。”

“你真会说话。以前你可经常是聊着聊着就睡着了……对了，你朋友的故乡美吗？”

"嗯，非常漂亮。"

"那就太好了。"

意式咖啡沉重地坠在江口胃底。

"话说回来，"不知道是不是因为咖啡太苦，觚泽拿起巧克力泡芙塞入口中，"后来你没在海关那边遇上麻烦吧？"

"我说，你怎么还是会先把泡芙上的奶油吸完啊？"

从学生时代起，觚泽就这么吃泡芙。

"嗯，不好意思。"

"海关那里没问题。我跟他们好好解释过了。"

"嗯……不过我记得，有不少法规限制携带昆虫入关。"

"《植物防疫法》《家畜传染病预防法》《外来生物法》《华盛顿条约》……不论哪条法规，都没有提到舌蝇。"

办理归国手续时，必须要在进关前的动植物检疫柜台申报自己携带的动植物。那时，昆虫还不在动物检疫范畴，一般会被划到植物检疫。这是因为《植物防疫法》就是要避免昆虫对日本的农作物以及树木产生影响。

"然而，舌蝇并不是植物害虫，所以并不属于植物防疫法的限制对象。"

所谓的《外来生物法》是考虑到外来生物可能对生态体系产生的恶劣影响而制定的相关法规，但舌蝇属于"对人类健康产生危害的生物，应该根据其他法律处理”，因此也不属于该法规的限制对象。在这一点上，各部门都有些互相踢皮球的意思。

《华盛顿条约》主要是为了保护稀少动植物而设置的法规，所以自然也不会限制这种在疾病流行地泛滥成灾的苍蝇。

“我确认过各种法规，这才带着虫蛹回来的。所以海关的工作人员只不过是在浪费时间和精力而已。”

“你故意那么说话，只是想要激怒他们吧……那么，你到底想用这种苍蝇做什么？”

“当然是在日本继续研究。我对非洲昏睡病的研究已经有了一些成果。如果要问是以治疗为目的，还是以预防感染为目的，我会选择后者。我的关注点并不在寄生虫本身，而是其传播媒介舌蝇。你应该知道……这种苍蝇并不会产卵。”

“的确，它和人类一样，是‘胎生’的。”

“没错。它并不会产卵，而是直接生产。母蝇在肚子里孵化幼虫……也就是说，幼虫是在子宫里长大，再来到外界的。”

“因此，舌蝇每次只能生产一个孩子。一个母蝇一生会生产十次左右。”

江口点了点头。“诞生的幼虫马上就会变成蛹，数周之后就会变为成虫。”

“它是和蚊子一样，只有雌性吸血吗？”

蚊子中的雌性为了获得产卵所必要的营养，所以才会吸血。

“舌蝇和蚊子不同。不管是雌性还是雄性，都以吸取哺乳动物的血液为生。”

它们并不是用牙咬，而是用针状的细长口器刺穿皮肤吸血。

“这种生存方式真有意思。”

“最近，有人研究了舌蝇的染色体组，分析它们的基因，希望可以抓住它们特殊形态的弱点。”

“可是……”鮲泽说着，歪了歪脑袋，“……如果你想要做这样的研究，为什么不直接留在南苏丹呢？那里更容易弄到寄生虫和舌蝇，而且邻国乌干达也有专门研究昏睡病的 MFF 机构吧。”

“我的任期已经到了嘛。”

“之前不是已经延长过很多次了吗？”

“可是不管怎么说，也不能一直延长下去。”

“所以你一气之下就辞去了 MFF 的工作？”

江口被点到了痛处，他拿着咖啡杯，紧盯着鮲泽。

“我辞职的事，你都知道了？”

“我在 MFF 的日本官网上找到了医疗队从南苏丹回国的相关报道，然后将给你的信寄到了机构。事务局告诉我，‘江口海已经从 MFF 退会了，所以只会帮您转寄这一次的邮件’。”

“原来如此。”

“你是回国后才决定退出的吗？”

“不，是在回国前。”

“那就更说不通了。如果你是要留在当地做自由研究者，那还说得通。但是回到日本，又从 MFF 退会，研究昏睡病的机会只会越来越少。还是说，你已经决定进入国内的哪家研究机构了？”

“不，并没有。”

“你是怎么处理带回来的那些虫蛹的？”

“我让它们在零下八十度的冷冻器中睡大觉呢。”

鮍泽抿起了嘴。

“怎么这副表情？我打算之后再考虑这些，现在我有点累了。”

“累就要吃甜食。”

“那我就不客气了。”

江口咬了一口泡芙。他下意识地吸了一口溢出的奶油，觎泽用一种“你不也一样”的眼神看着他。两人轻笑了一下，又陷入了短暂的沉默。

空调的声音更大了。

有点像热带常见的苍蝇拍打翅膀的声音。

这让江口想起了遥远的非洲。

“其实，我有位亲近的人也刚刚去世。”

他对自己说出的话吃了一惊。他本不打算说出这件事，然而他的嘴却自然而然地动了起来。

觎泽将他正在吃的第二个泡芙轻轻放回了盒子里。“是发生在南苏丹的事吗？”

“嗯。”

“是和你一起从日本过去的工作人员？”

“不，她是在乌干达加入医疗队的当地人。”

她名叫阿亚娜。

“她来应募的时候还是个学生。毕业之后，她就成了MFF派往南苏丹的一名志愿者，三年来一直在做支援工作。”

她在乌干达大学学习政治学，没有医学与卫生学的专业知识。不过，救援队中并不都是专业的医疗人员。

在当地，很多人即使身体不适也不会想到“要去看医生”。他们的家离医疗机构很远，没有培养起这种意识。当家人身体感到不适时，很多不知所措的人会用传统草药治疗……让当地人正确认识疾病及卫生更为重要。

为启蒙当地人，帮助他们明白接受援助并非受人恩惠，也需要相应的专业人员。而阿亚娜就很擅长做这方面的工作，意志也很坚定。

“她们家原本住在苏丹的北部，在南苏丹独立出来之前，两边都属于以前的苏丹共和国。”

过去，苏丹曾是埃及和英国共同的殖民地，因此旧苏丹北部是穆斯林众多的阿拉伯世界，而南部则是非穆斯林的非洲民族世界，两个地区也因此产生了嫌隙。民族与宗教上的对立种下了冲突的根源。

经过多年内战，就在江口进入 MFF 那一年，苏丹南部独立，南苏丹共和国成立了。五年后，他参加了南苏丹的项目，当时这个国家的未来仍不明朗。

“阿亚娜一家为战火所迫，一直四处迁移。她们从阿拉伯世界来到非洲世界，经历了将近四十年，终于来到了邻国乌干达，阿亚娜就出生在那里。”

江口曾经问过她前往南苏丹的原因。她在乌干达大学学习政治，那里曾经诞生了数位非洲领导者。靠着这样的学历，应该有很多工作可供选择。为什么要加入公益组织？

——我是在展望未来。我希望大学中所学的知识有一天能派上用场。但那是以后的事了。现在的我应该脚踏实地做好眼前之事，不能只顾想象虚无的未来。我应该耕耘这片贫瘠的土地，将水引到这里。

她坚定地说着，就像是接受面试的学生一般。

——大学毕业后，同学们都一股脑地想要往上爬。大家都挖空心思想过上更加富裕的生活。可是我能在此立足，靠的不仅仅是自己的力量。

眨眼时，她那同骆驼般修长的睫毛上下翻动着。她身上有种来自沙漠的独特气质。

——政治本身就是不平等的。政治意味着支配的力量。而在人的基本权利都无法保证的地方，我的学问毫无用处。我非常认同 MFF“中立”的概念。“所谓中立，并不是站在已经倾斜的跷跷板中心，而是要站在被压迫的那一边，让跷跷板恢复平衡。”……我必须去做政治做不到，也不会去做的事情。

“她说得很好。”

在支援现场，所有工作人员几乎都要连轴转。

有时大家也会发火。“你怎么又把这事搞错了！”就连江口自己，偶尔也会这么呵斥阿亚娜。可是哪怕这样，她也只是坚定地看着江口，毫不畏惧地反问他。

——I beg your pardon？（能请你再说一次吗？）

有时，江口也会对她过于细致恭敬的回应感到焦躁。然而，如果给她下达了模糊不清的指示，她就不会行动，她不会容忍江口给出这样的指示。但为了患者，不管怎么被骂，她都不在乎。

“三年后，阿亚娜已经成了医疗队中不可或缺的存在。”

“然而，就在我回国三个月之前，她突然间感到身体不适。”

发热、头痛、颈部淋巴结肿大……这是非洲昏睡病的症状。短短的几天内，这些症状连续袭来。

“直到被我们追问起来，她才说应该是被舌蝇叮咬了。两周前，我们去了与肯尼亚接壤的乌干达东南部，为南苏丹难民营诊疗。那段时间，我们经常出入湿地和树林，她应该就是在那时被叮咬的。我急忙给她做了检查。令人难以置信的是，不仅是血液，甚至就连她的脑脊液中，也发现了寄生虫。”

“这是什么意思？”

“非洲昏睡病大体上可以分为两个阶段。初级阶段，寄生虫只存在于血液之中，而一旦进入脑脊液，则意味着进入晚期阶段。阶段不同，使用的医疗药剂也不相同。”

为了确定病情发展状况，要将针扎入她的脊椎采液。对于患者来说，光是采液造成的剧痛，就已经难以承受。

“也就是说，在给阿亚娜做检查时，她的病已经发展到了晚期阶段。”

“那状态相当危险。”

“非洲昏睡病会恶化得这么快吗？”

听到这个问题，江口摇了摇头。“九成以上的昏睡病俗称‘慢性病’，数年后，病情才会恶化。然而，在某些地区，则会出现罕见的‘急性病’。虽然感染路径都是舌蝇叮咬，但是病原体的锥虫种类有所不同。”

如果患上“急性病”，只需要几周时间，寄生虫就会入侵患者的神经系统，几个月后，患者就会死亡。

“她最开始并没有意识到自己得的是急性病，以为很长时间以后病情才会恶化，所以才大意了。那段时间大家工作很忙，她虽然已经察觉到了身体不适，但她是医疗队员，不会优先安排自己的检查。而我和周围其他人，也没多余的心思注意她的变化。”这借口真是不错。江口这样想着，继续说道：“所以，这时已经没必要再用初期阶段的药物，也不能再使用稳妥的治疗方案了。”

“这是什么意思？”

“对于寄生虫已经入侵脑脊液的‘急性病’患者来说，唯一的治疗手段就是注射致死率高达 10% 的烈性药。虽然半个世纪以前，人类就发现了它的效用，但是其毒性过于强烈，未被大范围采用。”

“半个世纪以前？”

“这就是非洲昏睡病的重大问题之一。迟迟没有人开发新的疗法。”

“为什么呢？”

“当然是因为无利可图了。”

昏睡病高发于非洲地区，不太可能在经济先进的发达国家流行，开发药物也就没什么好处。而发病率更低的“急性病”更是如此。

“因此，非洲昏睡病被世卫组织指定为‘被忽视的热带病’之一。对此我也非常愤怒，这不就等于说是‘可以见死不救的热带病’嘛。”

事实上，其他国家的人甚至都意识不到这种病的存在，更别提什么见死不救了。

非洲昏睡病基本不会人传人，在舌蝇泛滥的地域以外，人们也没必要在意这种病。

“毫不在乎的国家，当然也包括日本。”

虽然也有学者一直在研究这个问题，但他们的实验室根本拿不到研究经费。

“对不起，有点扯远了。”

“那么，阿亚娜的治疗……”

“没有别的选择了。只能给她打烈性药。”

这种药物叫美拉胂醇，简单来说，就是砒霜的化合物。对患者进行静脉注射之后，只能去赌它会不会把病原体和患者一起杀死。

“这不就是毒药吗？”

江口并不愿意将患者的身体视为赌注。因此，他做跨国医生时更倾向于早发现昏睡病患者。他不想使用危险的砒霜。

“阿亚娜的病情已经非常危急了。”

检查之后，为了安全起见，江口并没有将她安排在难民营治疗，而是决定带她去 MFF 在乌干达设立的昏睡病机构。烈性药的副作用太大，需要能应对紧急情况的治疗环境。

要去乌干达，就需要从距离他们营地上百公里的首都朱巴机场搭乘小型飞机。江口以及另一名工作人员带着阿亚娜，开着一辆老旧的吉普前往朱巴机场。

然而那天，机场受到反政府军的攻击，被封锁了起来，而从陆路进入乌干达的路线也极度危险。因此只能放弃前往乌干达的计划，江口等人赶往位于朱巴近郊的一处 MFF 医疗据点。

“阿亚娜的病情已经非常危急了。”

江口重复着。她的病情急剧恶化，已经接近末期症状。如果再推迟治疗，很有可能留下严重的后遗症。

又过了好几天，机场还没有开放，飞机也一直不能起飞。

“朱巴的医疗据点也存储着烈性药。”

江口不得不做出决定了。

“那时，她对焦灼不安的我说：‘Please, give me a shot.’（没关系，请给我打针。）”

——请让海君来打。

这是阿亚娜第一次，也是唯一一次，直呼江口的名字。

“我给她注射了美拉胂醇。”

他至今还记得那个瞬间阿亚娜纤细手腕的触感。

“等来的是最坏的结果。”

注射之后，大约过了两个小时，阿亚娜的病情骤变。她开始激烈地痉挛，之后陷入昏迷。谁也不知道这到底是非洲昏睡病的末期症状，还是烈性药的副作用。

“那时，总部联络我们，说找到了一架可以使用的直升机。但为了安全起见，只能飞到乌干达的边境附近。我开车载着阿亚娜，向边境附近的村庄开去。”

在狭窄、炎热、摇晃的车里，为了缓解车子对头部的撞击，江口抱住了阿亚娜的身体。他给她的额头敷冰袋，可不管多少都不够用。

江口坐在宽敞、凉爽、飘着咖啡香气的诊室里，紧咬着嘴唇，大汗淋漓。

(阿亚娜……)

闭上眼睛，眼前仍是那片大地。

引擎的声音。吱呀作响的车架。

卷起的尘土，干燥的风与泥土。

不管怎么追逐，都会消失在地平线前方的水的幻影。

太阳……白色的太阳……夺走了一切……

阿亚娜陷入了断断续续的昏睡，有时则会深吸一口气。江口知道，已经没有时间了。他用力地抱住她，将唇贴在她的额头上。

——我爱你。

江口说出了这句埋藏在心中已久的话。

阿亚娜那浓密的睫毛颤动着，慢慢地睁开了眼睛。

她闪烁不定的眼睛湿润了，眼中浮现出一丝恶作剧般的笑意。

——I beg your pardon？（能请你再说一次吗？）

这是她的最后一句话。

车仍然向前开着。

前方的路无穷无尽，像是要将大地残酷地撕裂一般，道路两边长着没有开花的洋槐树。最终，她也没能回到乌干达，回到她的家人身边。

阿亚娜……阿亚娜……

江口一直叫着她的名字。

干燥的风与干燥的皮肤。眼泪一流出来，马上便蒸发了，只留下眼角与面颊上的痛觉。

（都是因为我给她注射了药剂。）

……可是已经没有别的办法了。哪怕知道是毒药，为了救她，也只能注射下去。

（可是尽管如此，药也用得太迟了。）

……哪怕真的别无他法，至少应该尽早注射……夺走她性命的人，是我……

阿亚娜……阿亚娜……

"……喂……喂……江口！"

有人摇晃着他的肩膀。他睁开了眼睛。面前灯光昏暗，天花板潮乎乎的，有点发霉了……不知不觉间，汗水已经完全浸湿了他的衬衫。

"你没事吧？是不是身体不舒服……"

"不，对不起。我最近有点睡眠不足……只要稍一闭眼，就会睡着。"江口擦了擦额头，回道。

觚泽不安地坐回了椅子上。

“因为阿亚娜的事情，江口才决定离开非洲，是吗？”

“我被同事寄予了厚望，却无法拯救她。正是因为有她那样的人在，我才感到那个国家还有希望。”

她曾经说过想要活下去……

“你就是阿亚娜的希望吧。”

“可现在的我已经陷入了失望的泥沼。”

“有些地方说不通。”

“什么意思？”

“也就是说，失望的你，为了研究带着舌蝇回到了日本。”

“虫蛹是我和那片土地最后的联系。如果哪一天，我又升起了想要回去的念头，就会唤醒这些蝇吧。”

“原来如此。”

“要再来一杯咖啡吗？”

“那就麻烦你了。果然，咖啡还是手冲的好喝。”

“你这家伙要求还真多。”

江口站起身。

他原本想着，刚才喝了意式浓缩，接下来还是喝点口味清淡的，结果最后，他还是选择了深度烘焙的曼特宁咖啡。毕竟还剩下两个巧克力泡芙。

他等着水烧开，目光对上了柜子玻璃拉门上自己的眼睛。真是一副狼狈相。而后，他深吸了一口气。

他拿着咖啡走出茶水间，刚要回诊室，却发现魞泽站在走廊里。

“不好意思，我随便转转。”

“没关系。”

“这个房间是？”魞泽站在一道门前问道。

“保管药品和标本的房间。”

“怪不得有温控设备。”

魞泽轻轻敲打了一下墙上显示着房间内温度与湿度的面板。

“医院还会恢复营业吗？”

“暂时没这个想法。我把药品、仪器和设备都处理掉了。我想再用剩下的钱继续参加 MFF 的活动。现在这里只剩下酒精和甘油、冷藏库、冷冻器、休息室的床，以及光学显微镜这些东西了。连你的血型都查不了。”

“如果有显微镜，应该还是能数出红细胞的数量吧。”

“的确，可以数红细胞的数量，也能看是否变形。”

“锥虫和红细胞差不多大吧？”

“按长度来说，要比红细胞大一些。”

“对了……”

“什么？”

“为什么要在几乎空着的房间里开空调？”

“我只是想看看空调还能不能用。真到了要用的时候才发现它坏掉了，那就麻烦了。”

“好吧。”

说到这里，舢泽突然右手握住门把手，做了个要开门的动作。

—— 一声低沉的钝响。舢泽的身体晃了一下。门把手没有动，门也没开。

“上锁了啊。”

“别介意。我知道你好奇心强。毕竟学生时代我也曾经随意进出过你的房间。”

“你知道我要来，所以才特意锁上了这道门？”

“习惯而已。这里面以前保管着危险药品，还有一些患者的个人资料和检查样本，所以必须要上锁。”

“如果是想看空调能不能用……”舢泽很快恢复了镇定，再次摸了摸墙上的面板。

“……现在是冬天，最好确认一下空调的制冷效果。如果这个房间以前是物品保管库，那应该设定更低的温度。”

现在的室内温度是三十二摄氏度。

“比如说，极端一点，十度，五度……我可以调一下吗？”鲉泽挑衅地看着江口。

“要调低空调的温度倒无所谓，但是再这样下去，咖啡可要凉了。”

听了江口的回答，鲉泽的表情缓和下来，他把手从面板上移开。

“不好意思。我们回去吧。”

两个人再次回到房间，坐回椅子上。鲉泽手拿着咖啡杯，孩子气地向后滑了一下转椅。这个举动看似随意，却让人感觉他是故意要拉开和江口的距离。

“咖啡确实有点凉了，不过对我来说，这温度正好。”鲉泽喝了一口咖啡，思索了一会儿，说道，“除了非洲以外，你也去过印度尼西亚吧。咖啡豆是那时买的？”

“不，我是七八年前去的印度尼西亚。再怎么样也不可能把那么早之前的豆子……”

曼特宁是指在苏门答腊岛上栽培的咖啡豆。

“……你还真懂咖啡的味道啊。”

“算是略知一二。”

“我还以为你只擅长品鉴甜品呢，小看你了。”

“哈哈。其实我对自己吃不来的味道也很敏感。人在长大之后，对食物的喜恶程度就会降低，这是因为人的味觉会钝化。小孩子的味觉更敏锐，所以才会不喜欢青椒的苦味。”

“那你的舌头还保留着孩童般的敏锐度？”

“可以的话，我希望自己也能保有那种童真。”

“你应该可以吧。”

“那可真是抬举我了。人一旦长大，顾虑的事可就多咯。”

“魞泽。”

“嗯。”

“你是不是有心事？不用在意我的想法，说出来吧。”

魞泽抿了下嘴唇。“那我就直说了。你说你将带回来的舌蝇冷冻了起来，可你在撒谎。”

“为什么这么说？”

“如果你是将舌蝇交给了认识的医生或研究者，那还说得通。但是，你说你冷冻了它们，就不对劲了。你把舌蝇带回日本，并不是为了将来某天做研究。”

“你又了解我多少？”

“毕竟两年来，我们每天晚上都在聊天。”

“可那是二十年前的事了，而且也只有两年。”

“那些虫蛹能够在冷冻器里生存吗？”

“……”

“其实你是打算让虫蛹在那个上了锁的房间羽化成舌蝇，然后饲育它们吧。”

“……你这是在质问我吗？”

“这不是质问，而是结论。”

江口轻叹了口气。他把鼻尖靠近咖啡杯，却完全闻不到香气。“……你注意到了室温和上锁的事。”

“你已经回国三个多月了。那些舌蝇应该已经羽化完毕，开始繁殖了吧。”舣泽紧盯着他，“……你繁殖舌蝇的目的到底是什么？”

“这个嘛。”

“不想说的话，我来说说我的推理如何？”

“洗耳恭听。”

“是为了被忽视的热带病——”

“……”

“对于发达国家来说，这种病既不太可能流行，制药的利益也不大。对于日本和日本人来说，这种病毫无存在感，因此也是无须顾虑的病症。”

“没错。”

“要改变这样的观念，就需要一剂烈性药……是的，在你看来有时会夺走生命的烈性药。也就是说你……”

“你是打算把你的老朋友和恐怖分子画上等号？”

“房间里的舌蝇已经被注入了病原体……其体内有锥虫寄生。”

“这也并非质问，而是结论吧。”

“难道不是吗？”

“为了让日本人得上非洲昏睡病，而将被锥虫寄生的舌蝇带回，这推理可不像是你这种非常熟悉昆虫的人说得出口的。”江口有些怜悯地看着舣泽。他并不适合扮演这种质问老朋友的角色。

“如果你不清楚，就由我来解释吧。舌蝇的虫蛹体内是不可能宿有锥虫的。要让舌蝇体内出现寄生虫，只有一种方式，那就是让变为成虫的蝇吸食感染了寄生虫的哺乳动物的血。”他继续说道，“哪怕母蝇身上有寄生虫，也不会将寄生虫传染给幼虫。锥虫并不会通过舌蝇母体进入子代。所以在羽化成蝇之前仍是虫蛹的舌蝇，不可能感染非洲昏睡病。”

江口正准备喝下咖啡，却突然感到胃中一沉，只好将端到嘴边的咖啡重新放回了桌子上。“很遗憾，如果我是将已经羽化的蝇带回国内，你会更加担心吧。”

“江口……”

“就是这么回事。你能理解吗？”

“可是，这并不是最终答案。”

“为什么？”

“我也知道，舌蝇的虫蛹不会携带寄生虫。”

“……哦？”

“我想说的，并不仅仅是这些。确切地说，现在，那个房间里的舌蝇已经感染了锥虫，没错吧？”

“这话是什么意思……”

“舌蝇的营养源只有血液。”鮎泽突然顿了一下，江口沉默着。“房间中正在羽化的舌蝇，是吸食了江口的血活下来的吧？”

桌子上的咖啡杯中，那黑色的咖啡液体仿佛在蠕动着。

“携带病原的并非舌蝇，而是你自己的身体。你让自己染上昏睡病，将病原体带回了国内。”

原来如此。的确，这就是结论。

江口充血双眼的深处泛起了某种疼痛。

回过神来时，他发现自己已是满身大汗。

他抬头看了看天花板。微弱的日光灯让他想起遥远的非洲。

“你很热吗？”鮎泽问道。

江口什么也没说，闭上了眼睛。

对他来说，失去阿亚娜几乎等于丧失了自我。时间不知不觉地流走，沉淀下来的只有悔恨，以及对自己的愤怒，随后化为了对于昏睡病的愤怒……所有这些最终都变成了对那些无视昏睡病的国家与国民的憎恨。

（如果听不到远处的声音，就在他们的耳边叫喊。）

也许这样的想法是他唯一的自保之路。

（等到导弹掠过自己的头顶，人才会知道战争的可怕之处。）

江口离开了大本营，开始积极地探访那些生活于密林深处的避难家庭。他花了大量时间停留在治安和卫生情况都极为恶劣的地区。他知道自己被舌蝇叮咬过数次，却什么都没做。那些被刺咬过的部位开始红肿发热。

阿亚娜死后差不多两个月，他的身体终于发生了异变。恶寒、乏力、持续低烧。他的心中交杂着“难道说”和“果然如此”这两种情绪。他感到害怕，却也在等待着这一刻。为了不引起他人的怀疑，他没验过血。

他决定一个月后飞回日本。然后他对当地的工作人员说，自己想带一些当地饲养的舌蝇去日本做研究。在日本，只有极少数机构保存着存活的舌蝇，至少江口并不知道有这样的地方。而当地的工作人员也很支持他的想法。

——为了阿亚娜，一定要拿出更多成果。

那位工作人员的话像是刺一般扎在了他心里。我不仅仅是对阿亚娜见死不救，还欺骗了同仁。明明受伤害的不只有自己。

他还在发热，但也只是低烧。虽然机场有热成像扫描系统，但是他认为被查出的概率非常小。

入关时的检疫审查类似健康问卷，全靠本人申报，所以只要不在飞机上发的健康状态问卷上写多余的东西，就没必要担心。至于将虫蛹带回国，则像之前他对魞泽讲的那样，没有受到法规的约束。

回国后，他在这间诊所用显微镜观察自己的血液，确认自己的确感染了锥虫。二十只虫蛹中，有十三只成功羽化为成蝇。

之后，他用自己的血液饲养着舌蝇。

在那之后又过了两周，他取出了其中两只舌蝇的消化管，放在显微镜下观察。可以确认，其中一只已经感染上了锥虫病原体。

江口认为，自己体内也许并没有太多锥虫。还剩十一只舌蝇，也不算多。因此，他必须一边繁殖舌蝇，一边增加自己体内的病原体数量。这是一项费时费力的工作。

根据病症特征，他可以确定，自己感染的正是“慢性型”病原体。

国民是健忘的。所以必须在尽可能长的时间里，持续地刺激他们。如果感染的是阿亚娜那样的“急性病”，就没有太多时间来繁殖舌蝇了，自己还算幸运。江口很感激这一点。

就在这时，他收到了鱽泽的来信。

“房间里的几个盒子中，分别饲育着舌蝇。我想到你很有可能会随意进入房间，出于好奇将手伸到容器里，所以把房间上了锁。”

“可如果是这样，你又为什么要招待我？”

“因为如果现在不见你，以后就没有机会了。我并不担心会将昏睡病传染给别人，可一旦病症恶化，我的淋巴结就会肿起，那样一来，计划就很有可能被发现……不过最后，还是被你轻易识破了。”

“你其实是希望有人来阻止你，所以才把我叫过来的吧？”

江口一时语塞。希望有人来阻止自己。我吗——？

“去接受治疗吧。”

“……”

“既然已经被我发现，那计划也就‘完蛋’了吧。”

“是啊。”

“所以说……”

“你刚才问我能不能把空调的温度调低点。”

“嗯。”

“没关系的。这样一来，舌蝇会慢慢死掉的。”

江口忽然感觉浑身无力。他瘫坐在椅子上。

“关于治疗……”

“你别再管我了。”

“你是想和舌蝇一起，慢慢走向死亡吗？”

“绝望是致死的疾病。”[①]

“都这种时候了，还引用什么克尔凯郭尔，也太装模作样了吧。”

“咦……”

今天让人吃惊的事还真是不少。

“你还懂哲学？”

“因为你我才记得。”

“因为我？”

“你不是有一阵子沉迷于研究哲学吗？明明是医学生，却每天抱着好几本哲学书来我的房间……我都嫌烦了。不过话说回来，《致死的疾病》与其说是哲学书，倒更像是一本神学书吧……”

---

① 该句引用自丹麦著名哲学家克尔凯郭尔的《致死的疾病》一书。

“你怎么连这种书都记得……”

……也许真是这样吧。他模糊地回想起当年他对觥泽提到“Eureka”[①] 一词时，对方还反问：“这是什么蚊子吗？”

“我刚才说，我去拜访了友人的故乡，那位友人死于自杀。”觥泽突然说。

“……为什么？”

“那是他对自己罪行的忏悔。”

罪……

“你知道是什么罪吗？”

“我是在他死后才知道的。”

“你和他很亲近吧？”

“我们只认识了一天。”

“什么？”

虽然觥泽之前提到与那位友人相识时间不长，但是没想到，居然这么短……

“哪怕这样，也能称他为友人吗？”

“因为他就是这样称呼我的。”

就为了这个特意去往遥远的中东之国……？江口知道觥泽是个怪人，但这事还是让他吃了一惊。

---

① 源自希腊语，意为“我明白了”。

“证据就是他送给我的这件东西。”

魞泽说着，取下了脖子上的项链，上面是一面小镜子。

“我去了他故乡的村子，和他的家人聊了一整晚，说明了整个事情的经过。我从友人那里感受到的亲切，以及他对于家乡的珍重之情……无论如何也想要告诉他们。你知道吗，尽管我们语言不通，但是那份心意的确传达到了。”

江口想起，自己在MFF工作时，也曾经有过几次这样的经历。

“他的父亲指着自己的胸口，然后又指了指其他家人的胸口，最后则指向我的胸口，也许他是想说，他的儿子，现在仍然活着——”

人们常常会这样说。人只有在被他人从记忆中抹去时，才会真正地迎来死亡。

“阿亚娜仍然活在江口你的心中。哪怕是为了陪伴她，你也不应该死去。”

“你根本没有见过阿亚娜，净会说漂亮话罢了。”

“那……你能不能为了我活下去呢？”

“为了你？”

“我的朋友不多。”魞泽说着，害羞地挠了挠头，“也只有你记得二十年前我们同住一间宿舍时的事了。那时的我，应该一直活在你心里吧。”舦泽微笑着打趣道。

“跟我可没关系。谁让你一直这么冷淡。”

“如果你死了，我的那一部分也就消失了。我希望你不要轻易地抹除那些回忆……包括那时的我，和那时的我们。”

“你这家伙……”

“如果大家都不说漂亮话，这个世界就无以为继了。”

舦泽紧咬着嘴唇。

房间里咖啡的香气再次扑鼻而来。

随之而来的，还有与当年学生宿舍相似的潮湿霉味。

墙上失准的时钟指针走到了正确的位置。日光灯闪烁着，饲育室的空调发出了轰鸣声。

遥远的非洲，遥远的希望。地平线的前方，是无论怎么追赶都无法抵达的海市蜃楼。

“请你去医院吧。”

此时眼底的温热，似乎并不是因为病症。

也许自己真的很好骗。

可是一直依附在自己身上的恶魔终于离开了。终于释怀了。

“……非洲昏睡病，哪怕只是接受检查，也很疼的。”

“这是你自作自受。”

“……是啊。”

“嗯。”

“……你要去看看舌蝇吗？”

“请务必让我看看。能在日本看到活着的舌蝇，实在是机会难得。”

江口站了起来。他轻晃了一下，用右手撑住桌子。像是要掩饰什么一般，他指了指旁边的泡芙。

“你把这两个都吃了吧。”

“真的吗？”

鮋泽的眼中露出了光彩。江口想起，在法语中，巧克力泡芙这个词就有闪闪发光的意思。他缓缓地拉开百叶窗帘。柔和的冬日阳光洒到了二人脚下。

后记

在我的第一部短篇小说集《探照灯与诱蛾灯》中，我以散文的风格撰写了后记，并将其作为小说故事的延续。而在这一次的后记中，我将写下关于这部作品的歉意与感谢。

此前，我将魞泽泉这个人物写成了符号化的侦探，与故事中的其他角色关联起来。而这本书的目标，则是赋予他个性，让他成为近乎案件当事人的角色。为了增强他的存在感，我在这部书的几个短篇故事中，进一步明确了前作中没有具体写明的一些地名与年代。

当然，故事中与现实世界有关联的部分，完全都是文学创作的产物。比如，《归来的蝉》中故事的发生地山形县并没有发生小说中提到的自然灾害，故事中的少女也并无现实原型。而《远方的圣甲虫》中伽索鲁所信仰的宗教，也完全是杜撰。在《撒哈拉以南之蝇》中，为了能自圆其说，我对非洲诸国的情况进行了一定的加工创作。“跨国医生”虽然是以“无国界医生”为原型，但说到底也仍然是虚构的团体组织。为此，我首先要向那些被我选作故事发生地的地区，以及作为原型的团体组织，表达我的歉意。

最终篇《撒哈拉以南之蝇》，是我为了收束这部短篇小说集而有意创作的。执笔的过程中，为了更加深入地了解故事主题相关的病症，必须要请教相关专家的意见。因此，我找到了研究非洲昏睡病的专家——带广畜产大学原虫病研究中心的菅沼启辅先生。尽管此前与他素不相识，但还是唐突地给他发送了邮件。菅沼老师并没有计较我不合礼数的行为，第二天就给了我耐心细致的解答。这次的流行病毒让我们意识到，世界变得比以前更小了，所有的问题都不会仅封闭在一个地区之内。与此同时，基础医学研究的重要性也日益凸显。我今后也会一直关注菅沼老师的研究，衷心希望他的研究能够有所进展，并取得重大成果。

这一次，小说腰封上的推荐语由法月纶太郎先生撰写。我获得新人奖时，法月先生就是当时的评委之一，我曾有幸与他见面，并得到了他的建议。本书标题的同名作《归来的蝉》在《推理！》杂志上刊登时，法月老师也给我写了充满善意的感想，因此我便斗胆请老师为我撰写了推荐语。在获得新人奖一年之后，我在发表作品时碰壁，法月老师也曾经鼓励过我，对当时的我来说，这无疑是雪中送炭。为了回应他的鼓励，我也一直坚持写到了今天。

最后，我还要感谢阅读了本书的各位读者。

我完成本书初稿是在 2019 年秋季，明明只是几个月之前，却因为病毒的影响，仿佛已经是某个遥远世界的事了。形势晦暗不明，我感到非常疲惫，言语也变得尖锐起来。说到底，我并不能像魞泽那样淡然地生存在这个世界上。尽管如此，靠着大家的鼓励，我还是走到了这里。比起一句“谢谢”，我想应该还有更能表达我心意的话——一直以来承蒙照顾，非常感谢。

参考文献

『山の宗教――修験道講義』五来重著　角川書店

『禁忌習俗事典――タブーの民俗学手帳』柳田国男著　河出書房新社

『女人禁制』鈴木正崇著　吉川弘文館

『「女人禁制」Ｑ＆Ａ』源淳子編著　解放出版社

『現代エジプトを知るための 60 章』鈴木恵美編著　明石書店

『光る生物の話』下村脩著　朝日新聞出版

『「国境なき医師団」を見に行く』いとうせいこう著　講談社

『〈眠り病〉は眠らない――日本発！アフリカを救う新薬』山内一也・北潔著　岩波書店

『アフリカ昆虫学への招待』日高敏隆監修　日本 ICIPE 協会編　京都大学学術出版会

著作版权合同登记号：01-2025-0675

图书在版编目（CIP）数据

归来的蝉 / （日）樱田智也著 ； 赵婧怡译. -- 北京 ：
新星出版社，2025. 9. -- ISBN 978-7-5133-6014-2

Ⅰ. I313.45

中国国家版本馆CIP数据核字第2025J8D270号

归来的蝉

[日] 樱田智也 著

赵婧怡 译

责任编辑 汪 欣　特约编辑 张沁萌 孙 腾 王雅观
营销编辑 张丁文 刘治禹　装帧设计 冷暖儿
内文制作 田小波　责任印制 李珊珊 史广宜

出 版 人 马汝军
出　　版 新星出版社
（北京市西城区车公庄大街丙 3 号楼 8001　100044）
发　　行 新经典发行有限公司
电话（010）68423599　邮箱 editor@readinglife.com
网　　址 www.newstarpress.com
法律顾问 北京市岳成律师事务所
印　　刷 山东京沪印刷科技有限公司
开　　本 787mm×1092mm　1/32
印　　张 8
字　　数 133 千字
版　　次 2025 年 9 月第 1 版　2025 年 9 月第 1 次印刷
书　　号 ISBN 978-7-5133-6014-2
定　　价 49.00 元
